U0639900

DUZHE CONGSHU
国家记忆读本

生活从这里出发

读者丛书编辑组 / 编

读者出版传媒股份有限公司
甘肃人民出版社

图书在版编目（CIP）数据

生活从这里出发 / 读者丛书编辑组编. -- 兰州：
甘肃人民出版社，2019.3（2020.7重印）
（读者丛书. 国家记忆读本）
ISBN 978-7-226-05422-2

Ⅰ. ①生… Ⅱ. ①读… Ⅲ. ①散文集－中国－当代
Ⅳ. ①I267

中国版本图书馆CIP数据核字(2019)第038775号

总 策 划：马永强　李树军
项目统筹：李树军　党晨飞
策划编辑：党晨飞
责任编辑：王建华
封面设计：久品轩

生活从这里出发

读者丛书编辑组　编

甘肃人民出版社出版发行
（730030　兰州市读者大道 568 号）
永清县晔盛亚胶印有限公司印刷
开本 710毫米×1000毫米　1/16　印张 15.25　插页 2　字数 226 千
2019年3月第1版　2020年7月第3次印刷
印数：12 016~21 075
ISBN 978-7-226-05422-2　　定价：32.80元

目 录
CONTENTS

1

徐　闳

　　　　　　　　　　意外相遇

　　2000年1月的一个下午，13岁的王喆放学后去同学家玩。一进同学的家门，就看到有位女清洁工正在擦地，那熟悉的身影让王喆一下子惊呆了，他不敢相信地犹豫着走上前去，轻轻地叫了声：妈！正在擦地的女清洁工张星杰闻声一回头，看到自己的儿子站在面前。

　　一时间，同学、王喆、王喆的妈妈，几个人都愣住了。妈妈表情僵硬地看着王喆，愣怔了一会儿后，迅速地收回目光，又低着头继续擦地。

　　和同学进到屋里的王喆，心里非常不平静，赶紧找了个理由，像逃跑一样离开了同学家。一路上他都在疑惑不解地想：妈妈不是一直在亚麻厂上班吗，怎么突然做起了家庭清洁工呢？

回到家的王喆，脑子里全是刚才在同学家意外遇到母亲在擦地的情景。在不安和猜疑中，母亲回家了。

王喆用质问的口气对张星杰说：妈，你怎么会在那个地方？张星杰说：妈妈原来没跟你说实话，妈妈已经下岗了。因为已超过了 35 岁，又没有一技之长，出去应聘找不到好一点的工作，而且很多地方都不用像我这样年纪的女性，所以我干起了清洁工。

一直以为妈妈还在厂里上班的王喆这才明白其中缘由。

坚强的张星杰对王喆说起她没有了工作时，并没有难过、掉泪。长这么大，王喆也从没看到妈妈在自己面前哭过。张星杰还告诉王喆：为了不让他的学习受到影响，她已经把这个秘密隐藏半年多了。听了母亲的解释，王喆有些为母亲的良苦用心所感动。但怀有虚荣心的他，还是嘱咐那位同学：不要把母亲做家庭清洁工这事传扬出去。然而事情刚刚过去一周，发生了一件更让他尴尬的事。

原来校长得知王喆家情况后，告诉他学校打算把擦教室玻璃的工作交给他母亲去做。王喆想：如果妈妈接受了这个工作，那让我怎么面对大家？若同学们为此嘲笑我，我该怎么办？这事让王喆从心里感到无法接受。

就在王喆为此事感到苦恼时，母亲也在顾虑重重地思忖着：若这次去了儿子的学校擦玻璃，以后学校开家长会，儿子同学的家长不知道会怎么看我？还有，学校的老师和同学以及家长怎么看王喆？尽管母子俩心里都很矛盾，但为了多挣点钱，经过一晚上思想斗争的王喆，最终还是同意了让母亲去学校擦玻璃。

那天下午上第一节自习课时，全班同学都在安静地学习着，王喆的妈妈就在旁边擦窗户。有位认识王喆妈妈的同学告诉邻桌的同学说：哎，你看，王喆他妈！没过几分钟，全班同学都知道了。那一刻，王喆心里特别不安，整整一节课，他脸上都是火辣辣的，心情也十分复杂。好不容易挨到了下课，课间休息时发生的一件事，让他提着的心终于放了下来。

只见一些同学走到王喆的妈妈身边说：阿姨小心点！他们还帮着王喆的妈妈换水。一旁的王喆觉得同学们根本没因为这个擦玻璃的女工是自己的妈妈而瞧不起自己，相反还对妈妈这么关心，这让王喆紧提着的心慢慢放松了下来。

打这以后，王喆慢慢地接受了母亲的这份工作，母亲的压力也减轻了许多，生活似乎又恢复了以前的平静。

这天下午放学后，王喆做完作业在家里等着妈妈回来，可是天很晚了，妈妈仍然没有回来。王喆有点着急了：妈妈每天一早就出去工作，也不知道今天去哪儿了？万一出了事怎么办？快凌晨1点时，妈妈终于回来了。王喆着急地迎上前，问：出什么事了，妈妈？妈妈什么也没说，直接躺下就睡着了。后来王喆才知道：那天，妈妈给一户人家干了很长时间的活儿，一直干到晚上公交车都没有了。那地方挺远，打车回来又太贵，妈妈就一个人走了十几公里路，硬是走回了家。

王喆真恨自己：为什么当时自己没有在妈妈身边？这是王喆第一次对妈妈产生心疼的感觉。这场意外让原本为母亲的工作感到尴尬的王喆，开始重新审视自己的母亲。不久后，王喆竟然发现了一件让他感到意外的事。

同时发奋

那天妈妈买回一堆高中课本，王喆看见了，很奇怪：买这些书干什么？我在上初中，又用不着高中的书！妈妈对王喆说她想复习考大学。

38岁的母亲只有高中学历，眼下却突然想考黑龙江中医药大学，这让王喆感到困惑不解：扔了书本二十多年的母亲，要在4个月内准备好高考复习，这是一件多么艰难的事！到底是何原因，让母亲萌生这样的念头？

面对儿子的发问，妈妈跟王喆算了一笔账：你看我这么大岁数了，出去干活儿一个月顶多挣几百块钱。现在还好说，可一旦你上了大学，肯定就入不敷出了，甚至连你的学费也可能交不起。为了以后咱俩都有出路，从现在起我得学一门手艺。

妈妈说磨刀不误砍柴工，这4年咱们就先苦着熬过去，把刀磨快些。4年后，我学习完出来工作了，收入就会比现在高得多，不但可以把这4年失去的收入补回来，而且以后的日子要好过得多。到那时，咱娘儿俩才算真正有了出路。

王喆的妈妈觉得自己学中医比较有优势。她非常喜欢中医，而且略懂一二，平时同事、邻居谁有点小病，她还能用中医的方法化解。此外，她家还有干中医的亲戚。考中医专业，她觉得这条路比较熟一点。

母亲的一番话，还是让王喆将信将疑，他知道学习可不是一蹴而就的事，他甚至怀疑母亲是否能坚持下去。因此，他格外留意母亲的一举一动。每天晚上，母亲从外面打工回到家后，就赶紧做饭。所有的家务做完后，就马上去休息。可躺不了几分钟，就又爬起来学习。

有时张星杰干完活回到家里，累得只想躺下休息，可一想到自己若不坐在那儿学习，孩子也许会溜号的。于是，她强撑着疲惫的身体，打开书本和儿子一起学习。此时，尽管张星杰很累，疲惫的身体状态也不利于学习和记忆，但她强迫着自己要把计划内的学习内容记到脑子里。看到妈妈这样，王喆也不敢大意。王喆和妈妈，两人就这么一起学习着。

每晚和38岁的母亲一道坐在台灯前学习，对成绩一直不好的王喆来说，是个很大的挑战。看着母亲认真学习的样子，王喆也开始发生了变化，他的学习成绩慢慢地提高了：由原来接近70名的成绩，逐渐进入了前10名。王喆的学习成绩上去了，张星杰感到自己的努力没有白费。在母子俩的相互鼓励中，不知不觉4个月过去了。妈妈张星杰就要面临高考，儿子王喆也在准备着期末考试。可是王喆没想到，一场更大的考验在等待着他们母子俩。

寒门绽喜

由于妈妈的复习资料占了一定的费用，原本拮据的生活，现在更加紧张，而且拮据得马上就要揭不开锅了，连一顿菜都要计划着吃。一天晚上，7点多钟，家里没菜了，妈妈拿个兜就出去了。这么晚了，还有人在卖菜吗？心生疑惑的王喆悄悄跟在了妈妈的身后。到了菜市场一看，卖菜的基本上都散了。王喆看到妈妈走到一堆别人丢弃的菜叶子旁，蹲下来挑拣着往兜里放。王喆心里一阵难受：不能让妈妈独自承受贫困和辛劳，我要和妈妈共同担当！他几乎没再多想，就跑上前去蹲下，也挑拣起菜叶来。

专心致志挑拣着菜叶的张星杰，未察觉到儿子的举动，直到儿子把挑拣出的菜叶往自己的兜里放时，她才奇怪地抬起头，见儿子正对着自己乐：老妈，我帮你拣！两人拣得快，早拣完早回家做饭吃！那一刻，张星杰的心里"呼"地一下涌起一股暖流：儿子不但理解自己了，而且也知道怎么过日子了。

共同经历了一段风风雨雨的日子后，母亲欣喜地发现儿子长大了。母子俩咬紧牙关，没有向别人求助。而与此同时，高考时间也在一天一天地逼近。为了生活，学习时断时续的母亲能考上吗？王喆不禁为母亲捏了一把汗。为了参加高考，张星杰整整刻苦复习了4个月，每天背专业课背得昏天黑地。

天道酬勤。张星杰终于以比录取分数线高出一百多分的成绩考上了黑龙江中医药大学成人教育学院。在母亲获得成功的鼓舞下，王喆也在中考时考上了哈尔滨市重点高中。

母子俩在困境中奋起的事迹感动了许多人……

（摘自《读者》2006年第10期）

这是一个值得一活的年代

秦 朔

一

　　两年多前，英国《卫报》刊登了一篇文章，题目是《如果 20 世纪止于 1989 年，那么 21 世纪则始于 1978 年》。1989 年，柏林墙倒塌，冷战结束，是全球化真正开始的年头。而 1978 年呢？作者马丁·雅克写道："1978 年是邓小平在中国实行改革开放的年份，这开启了一个长达 1/4 世纪之久、年均两位数经济增长率的年代，中国经济也得以转型……1978 年，一个社会主义国家开始从平均主义向市场经济迈出了尝试性的一步。它创造了一个完全不同的历史……中国的转变已经使世界的重心东移。"

　　马丁·雅克预言说，在新的世纪，"权力中心不再仅仅位于西方，历史也不再以西方角度续写。我们将越来越熟悉中国的影响、历史、价值观、态度和观点，也许这一切就在不远的未来"。

二

2008 年是中国改革开放 30 周年。此刻，如果我只能选择一个理由，来说明我们时代变迁的伟大，我会说——在中国的历史上，这是第一次，让每个人都有自由去选择改变自己的命运，而且只要努力，只要坚持，每个人都可以改变自己，只是程度不同而已。

每一个民族都有自己的梦想，而所有的梦想都和自由、机会、奋斗、坎坷、收获、富足、尊严相关。从这一点上说，中国梦确实没有什么特别。但令我们骄傲的是，这 30 年的中国梦，覆盖了人类历史上最多的人口，让他们梦想成真；这 30 年的中国梦，是在与世界相融合的开放进程中实现的，每个铸梦为实的人都可以在全球化的视野里，体验自然的美妙、艺术的神奇和现代的文明，体会作为一个生灵可以感知到的越来越广的空间尺度；这 30 年的中国梦，由于中国经济的持续增长，成为全球引擎的大背景，使得中国许多行业的成功者，已经具备了在世界同行中的领先优势；最后，这 30 年的中国梦，是中国从一个封闭保守的经济体向一个开放进取的经济体转型的过程，也正是在过去的 30 年中，中国真正展开了"数千年未遇之变局"的深刻变革。这个历史性的文明变迁，既有三峡之险峻，又有壶口之壮阔，既有千回百转的挑战，更有无限风光的奇伟。

我们就在这样的一个年代，生于斯，长于斯，奋斗于斯，充盈于斯。

三

很长时间以来，我一直试图理解国富国穷、民富民穷的奥秘。这个答案可以很复杂很学术，也可以很简单很朴素。我是在哈佛大学的一位历史学教授戴维·S.兰德斯 1998 年所写的《国富国穷》一书中找到这个朴素的答案的。虽然，他写的是香港。

我还记得 20 多年前我头一次到香港时的一件事：一天晚上，我从旅馆外出，路过一家挤在楼梯底下的小照相器材店。我只是随便瞅了一眼，那店主便马上问我要点什么。我原本不想买什么，经他一问，我想起我可能还要用一个特殊的镜头。他失望地说店里没有，但又热心地说，如果我过一会儿回来，他会弄到一个给我。我告诉他，我是去参加一个晚宴，最早也要等到午夜以后才能回来。"别担心，"他说，"你回来，我拿镜头给你。"到了半夜，我回到旅馆房间，想起镜头的事，但是我又困又累，心想那人也许不会等了，何必再浪费时间。然而我又一转念，不能说话不算话，就再去那个小店，果然发现店门还开着，那个人还在，于是他把镜头交给了我。倘若店主是美国人或欧洲人，谁会这样做？

正是这个小小的细节，让兰德斯领悟到，华人勤劳的美德和"知道自己是谁，也能与人合作"的精神，是华人在商业上取得成功的要因。他指出，这是一种"民族的胜利，文化的胜利"。

读到这个普普通通的小故事的时候，我突然想到：其实，就在内地，就在我们身边，每一天，每一刻，无数人，无数事，不都在经历着类似的事情、传达着类似的信息吗？他们愿意付出，为别人也为自己；他们不怕艰辛，不避劳苦，是为着更美好的生活，不管多漫长，无论多曲折，目标终可寻，理想终可达。

我看到我的兄弟姐妹，我看到我的同窗好友，我看到我的合作伙伴，我看到我的工作同事，我看到街上的匆匆行人，我看到工厂流水线上的农民工，我看到最佳的商业领袖，我看到大学生求知的眼睛……我和你，我们中的每一个，中国人中的每一个。在这个时代，当我们用心去看、用心去听时，我们看到的是太多求索的翅膀，追求事业成就、家庭幸福和人生升华；我们听到的是太多奋斗的足音，忍受、坚持、无所畏惧、发光发热，还有善良、节俭、谦让、懂得积累、重视教育……

这就是中国奇迹的答案,诚如思想大师哈耶克的论断,一个生机勃勃的社会,它的制度的基本原理就是鼓励一切个体在一切可能的方向上探索。

四

对中国来说,2008 年不是轻歌曼舞的一年,外部和内部,遭遇了许许多多意料之中和意料之外的挑战。尤其是一场波及世界的金融海啸,更让无数人担忧:这是不是又一个大萧条?

有不少人问我:中国经济是不是要走下坡路?黄金岁月是不是已经结束?

我的答案:不是。中国经济增长的动力并未衰竭,无论是新型工业化的动力,还是"再城市化"的动力,以及内需的动力。

全球经济的历史证明,经济发展中最重要的资本是人力资本,它是经济增长的长期动力。而中国的人力资本,数量固然庞大,质量的提高更十分明显。只要中国继续坚持改革,创造出更具可预见性、更开放、交易成本更低的政策环境与制度环境,更充分地调动人的积极性、创造性,中国人力资本的提升以及相应的劳动生产率的提升,都将是一个确定的趋势,这也是中国在全球竞争中的基石。我坚信,中国的伟大源于人的伟大。勤劳、肯干、不骄狂、不自满、不断学习、不断自我超越的中国人必将造就一个伟大的文明国家。

至于眼下,在全球经济调整和中国经济转型的时期,也许面临的困难会多一些,时间也会久一些。可是,想一想过去的 30 年吧,逆境和顺境不也是经常相伴吗?而每一次挑战和逆境,不都是促进改革深化、实现新的飞跃的契机吗?俄罗斯的伟大科学家罗蒙诺索夫在《关于热和冷的原因之探索》中写道:"我们摩擦冻僵了的双手,手便暖和起来;我们敲击冰冷的石块,石块能发出火光；我们用锤子不断地锤击铁块，铁块也可以热到发红。"

不少人深深忧虑于美国金融风暴带来的全球经济走向的不确定，但是放在一个更大的视野里看，经过一段时间的调整，人类总体的消费需求还是会增长，全球经济的产出和贸易的规模也仍然会增长。对中国来说，真正的问题在于，我们能否在这个"我中有你，你中有我，我离不开你，你离不开我"的全球经济格局中建立更有力的地位，能否在继续发挥劳动力成本优势的同时，更聪明、更清洁、更具创新性地开展生产活动，创造更高价值的产品与服务，创建理性的、可持续的繁荣。如果是这样，中国就将真正开启从庞大经济体到强大经济体、从全球经济分工的"追随型参与者"到"战略型参与者"乃至"领导型参与者"的伟大转型。

在新的历史起点上，在种种挑战与危机中，潜伏着新的伟大机遇。从某种意义上说，这种机遇并不亚于改革开放 30 年的机遇。因为它是全球性的机遇，是中国对全球经济和文化作出更大贡献的机遇。

苏格拉底说："未经省察的人生没有价值。"回望 30 年，也许不是最美好的年代——因为明天更美好，但我要说，这是一个值得一活的年代。我们奋斗过，奋斗着，我们从奋斗中赢得的果实多过父辈，我们在奋斗中的矛盾与伤痛超逾子孙。我为这种体验而骄傲，我为活在一个值得一活的年代而骄傲。

（摘自《读者》2008 年第 24 期）

我们要做一辈子的好人

应 松

紧急寻找好人

2007年7月15日上午，一个普通的星期天，安徽马鞍山蓝天出租汽车公司的的哥锁自力，正在收听南京经济广播电台城市调频《车随我动》节目。

11时35分，主持人杨光紧急播出了一则寻人启事："现江苏省人民医院ICU重症病房里正在紧急抢救一名生命垂危的24岁孕妇，因失血过多，现在急需输入RH阴性O型血，可血库的血已用完，如果不能及时输血将导致产妇脑死亡。因此，我们呼吁有这种罕见血型的朋友尽快和我们联系，挽救一条鲜活的生命！"

人命关天，锁师傅只想立刻赶到50公里外的南京医院去献血，可病人需要的是 RH 阴性血，该怎么办？

锁师傅焦急万分，突然想到有个同行黄辉好像正是这个血型，便马上拨通了马鞍山爱心车队队长王义琼的手机，打听黄辉的联系方式。

取得联系之后，黄师傅一口答应，决定马上去南京。锁师傅与王队长分别将电话打到了南京经济台的直播间："我们马鞍山出租车司机黄师傅的血型正好是 RH 阴性 O 型血，我们爱心车队现在就护送他到南京！只是我们对南京的路况不大熟悉，请主持人协调相关部门，为我们快速到达提供便利！"

主持人得知好消息后振奋异常，马上告诉听众："人间自有真情在，濒危孕妇有救了！现在黄辉师傅正在全速赶往南京，让我们祝福他一路顺风平安抵达！"

与死神赛跑

此时，江苏省人民医院 ICU 重症监护病房外，产妇沃美玲的丈夫朱正迟死死拽住一位医生的胳膊，跪倒在地："曹主任，她的血快流干了，我快急疯了啊！"

朱正迟和妻子沃美玲是宿迁市沭阳县龙集镇周庄村人，两个人同年同月生，生日仅相差一天，小夫妻恩爱和谐，长年在常州打工。7 月初，由于妻子临近产期，朱正迟将妻子送回老家。

7 月 14 日傍晚，沃美玲突然不停呕吐，朱家火速包车将产妇送到沭阳人民医院，可 B 超检查发现胎儿已死于腹中。

朱正迟悲戚万分。由于担心引产过程中大出血，沃美玲又被紧急送往江苏省人民医院河西分院。晚 8 时，产妇果然大出血，病情严重，被转送江苏省人民医院广州路本部救治。

孩子没保住，沃美玲也生命垂危，医院下达了病危通知书：要保住产妇的命，只有拿掉子宫，而且病人可能成为植物人！

朱正迟流着眼泪脱口而出："保住我爱人的生命比啥都重要，她就是躺在床上我也会伺候她一生，她吃的苦太多了！"

15日凌晨4时，沃美玲被送进了ICU，随后又进行了子宫切除手术。上午10点左右，出血基本被止住，但沃美玲一直处于深度昏迷中。医生说，沃美玲失血已达4100毫升，超过她全身血液的85%，需要立即输血！

但沃美玲的血型竟是稀有的RH阴性O型，这种血型人群中只有3‰的人才有，因而被称为罕见的"熊猫血"。医院储备的1400毫升稀有血液很快用光，病人仍然极度虚弱昏迷，生命体征每况愈下！

时间一分一秒流逝，沃美玲的所有亲人都去验了血，但无人和沃美玲血型相同。

看着死神一步步向妻子逼近，朱正迟双手颤抖，用拳头猛击水泥墙，任由鲜血淋漓。

最让朱家绝望的是，此刻全南京血库中仅有RH阴性O型血400毫升，迅速取来输入后，病人的血色素指标仍然只有1.8克，随时都有生命危险！万般无奈之下，江苏省人民医院紧急启动应急预案，求助全城媒体，向全社会发布紧急寻血通知。没想到，紧急求救这么快就有了回音，这让医院和家属都十分意外和兴奋，他们望眼欲穿地等待着救命血快快送来。

于是，皖苏两地爱心接力，的士司机在高速公路上与死神赛跑。

从马鞍山到南京市区有60分钟车程，正午时分毒日当空，老锁和黄辉来不及吃饭就上路了，还邀请了经验丰富的队长王义琼一同前往。

此时王义琼正在送客人去芜湖，简单说明缘由后，客人非常支持并欲支付部分车费，但王义琼婉拒了。在高速公路入口处，王义琼与马鞍山爱心车队会合，一看来了7名爱心司机。其他几人都是闻讯停下正常营运，赶来支援老锁和黄辉的。一行人向南京急驰！

黄师傅的车一路打着双跳灯，时速一直保持在100公里以上。虽然正午炎热，路面温度接近50℃，但大家一心赶路，顾不了这么多。

为了争取时间，电台的主持人主动当起了调度员，一边同马鞍山的师傅们保持联系，随时掌握车子动向，一边呼吁有爱心的南京的哥的姐们到宁马高速出口迎接，给马鞍山的客人们带路。主持人还联系了南京市110指挥系统，警方允诺当车队进入市区之后将派警车开道，最大限度提供方便！

做一辈子的好人

马鞍山的哥的义举深深打动了南京城里的同行。

南京的爱心车队"巾帼车队"队长张国华得知消息后，立刻与电台主持人联系，在确定会合地点后，带领3名队员赶往宁马高速南京出口迎接。

"从来也没开过这么快的车，120公里的时速！人命关天，一点不敢松懈！"

从马鞍山到南京，全程50多公里的路程，黄辉只用了20多分钟。12时30分，黄辉驾驶的富康出租车一下高速路口，就听到张国华对着他们大喊："黄师傅，你们辛苦了，为了不耽误时间，请跟在我们后面走！警方为您到市区已经开辟'生命绿色通道'！"

接着，张国华立刻带领5辆出租车向市区驶去。

等到了集庆门附近，马路上的警察已经封锁道路，早已守候在此的雨花台110警车警灯闪烁。带领他们向新街口方向呼啸疾驰，在几分钟内将黄辉送上了新街口献血车。

至此，为了帮助黄辉尽快赶到南京市区，电台、车队、交警完成了动人心魄的生命接力，两地一个小时的车程，只用了半小时就顺利到达。

医生对黄辉检查后开始抽血

"医生，请你们务必多抽一点，我身体棒，救人要紧！"这已经是黄辉第三次无偿献血了，当针头抽出 300 毫升鲜血时，40 多岁的黄辉仍要求医生再多抽一点。医生婉言拒绝了："300 毫升献血已经是高量，人体不能一次性失血过多，否则会影响健康，非常感谢！"

13 时整，300 毫升 RH 阴性 O 型血在南京交警二大队警车的开道下，沿着长江路、珠江路、北京东路，快速开向江苏省血液中心。经过严格的血液质量安全检测后，17 时，连同两名南京市民捐献的 600 毫升 RH 阴性 O 型血一起上了送血车。在警车的开道下，风驰电掣地赶往江苏省人民医院。

17 时 15 分，900 毫升稀有血抵达江苏省人民医院 ICU 重症监护室。此时，沃美玲年轻的生命已经到了极限，体内的各个器官都出现衰竭，当血液缓缓输进她的体内，生命得到滋润，奇迹出现了，原本躺在床上一动不动的沃美玲，胳膊突然颤动了一下，接着嘴唇、双手、双脚也有了反应，令医护人员欣喜万分。

18 时 20 分，心跳监视器上显示，病人心跳从原来的每分钟 120 次降为 104 次，血压也开始慢慢上升，身体各项机能都在好转！20 分钟后，前后昏迷了 60 小时的沃美玲，在无数颗爱心的召唤下，终于苏醒过来了！

患者的丈夫欣喜若狂，泪水盈眶。当他向医生询问救命恩人时，曹主任告诉他："马鞍山的献血人早走了！"

"我都不知道恩人的姓名和联系方式，这个世上还是好人多啊……"

原来，黄辉献完血后，悄无声息地离开了南京。在归途中，黄辉感觉身体疲惫浑身直淌虚汗，车子一直由朋友驾驶。当天吃过晚饭休息时，电台的主持人兴冲冲地打来电话告诉黄辉："病人已经脱离危险，家属正在找你想当面致谢呢！"黄辉欣慰地说："没啥，换了别人都会这样做的，救了一个人，我的心里也很踏实啊。"

之后，沃美玲依然在 ICU 里接受治疗。陆续有南京市民献血，累计汇集了 6400 毫升"熊猫血"，用于沃美玲康复治疗。

8 月 17 日，沃美玲病情稳定，转到普通医院。9 月 1 日，沃美玲手术创伤痊愈，可以下床走路了。得知无数陌生人为了挽救自己而作出的努力，她非常感动。

这对小夫妇说："我们要做一辈子的好人，尽量多做好事善事，报答这些恩人！"

（摘自《读者》2007 年第 24 期）

爱心与死神的赛跑

可 乐

2002年9月3日中午近12时，当南航3592次航班载着"救命药"飞抵河南郑州上空时，一度狰狞的死神，在一场跨省爱心接力赛中最终低头服输，悄然溜走。在此之前的25个小时内，无数热心人为营救一名18岁的山西青年的如花生命，穿越晋城、郑州和上海三地进行了跨省的爱心接力。

晋城热心人寻找救命药

2002年9月2日上午11时许，晋城人刘晓清到晋城郊区游玩，突然听到有人喊道："有人被眼镜蛇咬了。"听到喊声的刘晓清急忙赶到跟前。被眼镜蛇咬伤的人叫李忠民，今年18岁。在他经过山间小路边的一片荒草时，突遭眼镜蛇的袭击，右手的食指被咬伤，剧毒在疼痛的刹那涌进了他的体内，只几分钟，指头就变成了黑色。他浑身发抖，倒在地上。周围的人不知道怎么办才好。

"看蛇的样子好像是北方极少见的眼镜蛇，有剧毒。这可不敢耽误。"刘晓清赶紧找了几个年轻人手忙脚乱地把李忠民抬到轿车上，一路疾驰，赶往晋城市人民医院急救。

"这里没有解蛇毒的药呀！要解眼镜蛇毒必须用抗蛇毒血清。"晋城市人民医院的急诊医生一见病人就慌了神，眼镜蛇是毒性很大的毒蛇，被咬中以后，如果不能及时治疗，蛇毒就会通过血液流入心脏，导致心、肾、脑等器官衰竭，危及病人生命。送病人的几个年轻人被这坏消息吓住了，看看表，已近中午 12 时。这时，李忠民的父亲李双正也闻讯赶到，一看儿子面无血色，吓得不知所措。

医生用止血带把李忠民的右手臂扎住，防止毒液扩散到全身。医院只能进行简单的救治，却不能清除他体内的剧毒，他随时都可能有生命危险。

看到李氏父子孤立无援，热心的刘晓清连忙和同伴商量："我们分头联系人找药吧，帮帮他们。"

于是大家纷纷开始往晋城的各个医院、医药公司打电话联系蛇药。问遍了晋城所有的医院和医药公司，得到的全是坏消息。

找到了"救命药"，却远在千里之外

怎么办？刘晓清想到了在郑州开饭店的姐姐。"我姐在郑州开饭店，离这里不远，不知道那里有没有这种药。"刘晓清马上拨通了姐姐刘晓华的电话，"姐，我们这里有个人被毒蛇咬了，你能在郑州找到蛇药吗？"一听妹妹的话，刘晓华不敢耽搁，放下手里的活儿，立即开始和郑州的各大医院联系。

省人民医院没有！

郑大一附院没有！

郑大二附院没有！

郑州市医药公司没有！

省医药公司也没有！

半个多小时联系了近十家医疗单位，没有一家备有这种药。几乎绝望的刘晓华试着拨通了河南中医学院的值班电话，得到的答复是："我们这里没有抗蛇毒血清，但有一种治蛇毒的口服药，可能对控制病情有帮助。"刘晓华像在黑暗中看到了一线光明，立即驱车赶往河南中医学院，取回一包治蛇毒的口服药，这时已是中午一点多。刘晓华不敢耽搁，马不停蹄地赶往晋城市人民医院。

一路飞奔，14 时 30 分，刘晓华带着蛇药赶到晋城。医生立刻给李忠民服了药。但这种药只能暂时缓解中毒症状，必须在尽可能短的时间里找到能彻底清除蛇毒的抗蛇毒血清，否则李忠民仍然面临着生命危险。

在焦虑中，刘晓华接到了郑大二附院郝主任的电话："救命药找到了。"

"在什么地方？"

"在上海生物制品研究所。"刚刚兴奋起来的刘晓华又叹了口气。

时间一分一秒地过去，死神也在向李忠民步步紧逼。刘晓清几个人和李双正一商量，决定将李忠民送到郑州的医院，另外派一个人乘飞机去上海购药。看着李双正有点为难，刘晓清忙安慰他："大伯，您别操心钱，我们先垫上，救人要紧。"当下，李忠民由父亲陪着被抬上了刘晓华的车。刘晓清则和同事一道乘另一辆车赶往郑州市新郑机场，希望能够赶上当天 17 时 20 分的航班飞往上海购药。

15:00，刘晓清在晋城订好郑州至上海的往返机票。再过两个多小时，飞机就要起飞，而此时，刘晓清还在几百里外的晋城。

让飞机等人

堵车。17 时了，才走过一半的路程。飞机快要起飞了，心急如焚的刘晓清无奈地给新郑机场客运处打了电话说明缘由，希望飞机能够等候片刻。

正在会议室主持例会的南航当日值勤班领导接到了客运处打来的紧急求援电话称，乘客刘晓清为救一个被眼镜蛇咬伤的小伙子，准备乘坐 3597 次航班赶往上海，买抗蛇毒血清。但现在他们仍在高速公路上，希望飞机能够等他们一会儿。

让飞机等人，这对机场方面来说，可是个大事，弄不好还会引起一些意料不到的麻烦。但毕竟是人命关天，在场的几位领导经过紧急商量，最后达成了一致意见：还是救人要紧。

他们一面安排人员向乘客做说服工作，一面向有关方面汇报情况。整整 20 分钟过去了，打电话求救的刘晓清仍没能赶到机场。再等下去，不但机上乘客不愿意，而且也会打乱正常的飞行秩序。新郑机场南航营运部的陈伟霞立即打了刘晓清的手机说："我们公司在上海设有办事处，我委托他们在上海购药，然后可以托明天上午十点多的航班将药品带回。这样，一方面可以争取时间，同时也可以节省来回的机票钱。你看呢？"

"那好吧。"这个建议很快获得了刘晓清的认可。

陈伟霞放下电话，立即拨通了南航驻上海办事处同事的电话。办事处的丁丁正在休息，接到电话，二话没说，就和同事张海阳立即出发前往上海生物制品研究所购买药品。为防止单位下班，他一边赶路，一边联系，请上海生物制品研究所工作人员将药交给门卫。买到药后，由于此药需要在特定的温度下才能保持疗效，他又找到一位在宾馆工作的朋友，将药冷藏起来。忙完这一切，已是当日 23 时。

随后，南方航空公司上海办事处的丁丁给刘晓清打来电话，说他已垫付两千多元钱，从上海生物制品研究所购得 4 支共计 80 毫升的抗蛇毒血清，并妥善保存在一家宾馆的冰箱里。早已累得东倒西歪的众人闻讯禁不住齐声欢呼。9 月 3 日一大早，丁丁将药送到了从上海飞往郑州的 3592 次航班。

郑州医护人员倾力救治

带着李忠民赶往郑州医院的刘晓华在堵车几个小时后，终于在 22 时 10 分将李忠民送到了郑州大学第二附属医院外科病房。李忠民的右臂肿得像大腿一样粗，皮肤黑乎乎的，看起来甚是吓人。

在紧急安排李忠民入院后，郑大二附院的领导亲自上阵进行抢救。急救中心的值班人员赶到李忠民的病床前，量血压、供氧气、挂输液瓶、测心电图、清洗包扎伤口……五六个护士在病房里来回穿梭。

22 时 30 分，李忠民被转进普外科病房。普外科牛海鸥大夫因为值班已经 24 个小时没合眼了。当医院领导找到她，要她做李忠民的主治大夫时，她有些犹豫。她说："不是我怕累，主要是我从医 18 年来，从没有接诊过被蛇咬伤的病人，心里实在是没底。"

最终牛海鸥大夫还是接了李忠民这个病人，她向医院提的唯一条件是：包括透析在内的一切抢救设备都要在夜间为李忠民开放。牛大夫连忙为李忠民进行阻止血液回流、防止上肢坏死等相应治疗，这时李忠民呼吸急促，中毒症状开始加重。牛大夫怕他受毒的肢体坏死，每隔一二十分钟都要去松一下止血带。

3 日一大早，刘晓清和朋友就开车赶往新郑机场，专心等着 11 时 50 分降落的上海到郑州的航班。听说这趟航班上有一盒救人命的急用药，新郑机场也专门派了辆车在一旁等候。

上午 11 时 50 分，载着 80 毫升抗蛇毒血清的 3592 次航班平稳降落在新郑机场，早已等候在候机楼的南航河南分公司宣传部负责人姚雪莹，营运部客运处主任陈伟霞带着刘晓清一起奔向机舱。与此同时，3592 次航班的空姐也迎了出来，将一只装有 4 支抗蛇毒血清的盒子递给了陈伟霞，陈又转身将药递给了刘晓清。一行人护着药盒像是在保护一个娇嫩的孩子，立即奔向早已等候在一侧的一辆桑塔纳轿车，轿车当即向市内郑州大学第二附属医院方向驶去。

"药来了，药来了！"12时40分，他们赶到医院，将救命药送到了翘首企盼的医生手中。忙了一夜未曾休息、刚刚端起饭碗的主治医生被一个电话紧急召回。"先送去冷存，要在2摄氏度到10摄氏度之间才行！"一路匆匆赶来的刘晓清还没站稳脚跟就急忙提醒说。

医生随即投入了"战斗"，他们要和死神赛跑。李忠民的父亲激动得想走上前，但又怕自己耽误大夫用药，就默默地往后退去。角落里父亲的目光中闪烁着希望。

牛大夫说："这种病人处理起来必须格外小心，因为使用抗蛇毒血清很容易出现过敏反应，用药一不小心，就会出现生命危险。"她马上给李忠民做了皮试，李双正、刘晓华刘晓清姐妹、南方航空公司的工作人员等几十个人都屏住呼吸，紧张地看着李忠民臂上的皮试点。

13时30分，李忠民的皮试"泡泡"像树枝一样伸展开：伤者有过敏反应。为慎重起见，医生先进行脱敏治疗，然后再采取抗过敏式注射。13时32分，将抗蛇毒血清稀释20倍后，0.4毫升的药物被缓缓注入李忠民的体内，然后逐步加大剂量。

13时52分，第二针0.6毫升的抗蛇毒血清开始注射。

14时10分，患者生命体征一切正常。

14时15分，第三针0.8毫升的抗蛇毒血清开始注射。血压、心律等各项指标显示李忠民的身体已经逐步适应了这种药物。

14时45分，开始注射关键的第四针，是未经稀释的10毫升抗蛇毒血清。怕李的身体出现反应，护士的注射针推得十分缓慢，小小一针液体，用了3分钟才推完。

16时50分，又输了10毫升血清。"因为病人没有副反应，所以我观察后决定再给他注射一次。"

几分钟后，牛大夫松了口气："应该没什么问题了，只要用药后的几分钟内不出现过敏反应，这药对清除病人体内的蛇毒就算有用了。预计两到三天后，这孩子中毒的手臂就会消肿，一周后全身中毒反应有望消失。山西、河南、上海这么多人没白奔波，他这命啊，有救了。"这时是 9 月 3 日 17 时整。

9 月 3 日 21 时，记者和主治医生牛海鸥取得联系，李忠民已脱离了危险。死神终于退却了！穿越三地的跨省爱心大营救彻底赢了！

（摘自《读者》2003 年第 6 期）

打工打工最光荣

陈 敏

这些年，没变的是一无所有，变化的是自己在成长。当初，我按照公认的成功标准做人；现在，我只想做点悦己又悦人的事情……

揣好 2004 年度"创业青年首都贡献奖"的领奖通知单，孙恒从暖气充足的大楼出来，冻得一激灵。狂风裹挟着雪片，打在他黧黑的脸上，他却忘了躲，只是盯着不远处。

一个普通的建筑工地，工人们顶着满头满肩的雪片，双手通红地推水泥扛钢筋。脚手架上的木工，是灰暗天空的唯一主角。北京的高楼大厦，就是他们建起来的。最脏、最累、最苦的活儿，都是他们干的。他们和孙恒，有一个共同的名字：400 万进京务工人员。

他们习惯了被新建的大厦遗忘，习惯了没有任何娱乐的日子，默默地生活。

孙恒却不甘心。2002 年，他创办了打工青年艺术团，义务为工友演出上百场，他们唱《团结一致讨工钱》、唱《打工打工最光荣》。在城市最底层放歌，他感动了许多人，也被中央电视台、《人物周刊》等大小媒体赞誉，两三年就备受关注。可是，他要的关注，不仅要给自己，还要给他身后的整整400万人。

孙恒低下了头，迈向新雪。他的跋涉，刚刚开始。

突然失声

孙恒曾经特想当歌星，弹把吉他吼一嗓子，就有"粉丝"哇哇陶醉。23岁那年，他离开某中学的音乐教室，坐着农民工专列从河南来到北京。

成为歌星之前，他先在西客站附近做搬运工；后来，又蹬三轮车送水，扛着大桶上高楼。一个月后，靠在墙角的吉他渐渐蒙了灰，孙恒一眼瞥到，心一疼，推开刚泡好的方便面，提着吉他就去了地铁站。润了好几次嗓子，孙恒终于开唱："今夜梦里面，我回到故乡妈妈温暖的身旁，家乡的河水现在已上涨，远方的人儿还要去远方……"一双双皮鞋、球鞋、高跟鞋从他眼前穿梭而过，只有旁边摆地摊的哥们儿侧过头听，卖力地鼓掌。

一年后的春天，孙恒辞掉推销员的工作，去寻找更多的机会。从沈阳到南昌，从东北到南方，孙恒在不一样的街头、地下通道、酒吧，弹唱着自创的民谣，生活却依旧暗淡：兜里没有银子，脚下没有方向，而且从来遇不到星探。有时缩在墙角过夜，孙恒抬头看那一颗颗星星，觉得哪一颗都不是自己。自己的位置究竟在哪里？他赌上整个自己做歌星梦，却输得只剩饥饿的躯壳。此刻，只要有人拍拍他的肩膀说"哥们儿，跟我来吧"，孙恒肯定跟着，无论干什么，反正干什么都没有意义……

无聊地在路上走着，孙恒留心起沿途的人。城市底层的小人物总是很抢眼。水果小贩让儿子捧个绿油油的小西瓜练手劲，建筑工人津津有味地就着菜帮子啃馒头，卖跌打药的男人在天桥上边看小说边嘿嘿直乐……他们真容易快乐。

快乐的"他们",还不止一次地帮助过孙恒。有次孙恒在某个地铁站唱歌,通道口收购美元的哥们儿突然一声口哨,大喊:"城管来了!"刹那间,通道内卖玉米的、卖盗版碟的、卖玩具首饰的都作鸟兽散。孙恒还愣在那里,早有人拉他起身,抓起装钱的铁筒,朝出口狂奔。到了安全的拐角,那个男人把铁筒扔给他,吹着口哨走了。

从那一刻起,"他们"和"他们"的或幸福或哀愁的故事,开始被孙恒关注。孙恒为他们写歌,歌词就是工友的大白话,类似耍酷少年的 RAP,很好懂,譬如《彪哥》:"认识你的时候,已是在你干完每天 13 个小时的活儿以后……喝醉了酒,你说你很想家,可是只能拼命地干,才能维持一家老少安稳的生活……一天天,一年年,你拥有的只是一双空空的手……"

就这样写着城市里的小人物,孙恒渐渐明白:我就是"他们"。彪哥曾向他摊开那双满是伤痕的大手,犹如摊开一位中年农民工最普通的命运。而此刻,孙恒在昏暗的灯光下放下笔,摊开手,又何尝不是满掌的老茧?他的父母还在为山里的 27 亩土地折腾,自己比驴子还累只是为了糊口,即使如此,也改变不了"空空"的命运。

那么,除了写歌,我还能为"他们"做点什么?孙恒决心回到北京。那里天地广阔,也许会有更多机会。

1999 年年底,明圆打工子弟学校校长在北师大开讲座,孙恒也去了。校长说:"北京每年有 20 万农民工子女,因为各种原因上不了公立学校;打工子弟学校条件有限,孩子们连音乐老师都没有……"一贯内向的孙恒立刻举起手来,毛遂自荐。第二天他就去明圆当义务的音乐老师,六个年级都管,简陋的学校第一次传出整齐的歌声。不久,孙老师新创的歌曲《打工子弟之歌》在学校比 S.H.E 的《SUPERSTAR》还流行:"我们远离自己的家乡,我们也有自己的梦想,我们同样渴望知识的海洋和明媚的阳光!"

生活日渐明媚。不管多辛苦,孙恒做完事就背着吉他赶到明圆学校,风雨无阻。几个月后，校长主动给他开了400元的月工资。惊喜，还在后面。

如果一个人没有理想，同一条咸鱼有什么区别？2001年冬天，孙恒去天津科技大学看朋友，学校的学生社团正准备去工地慰问工友，孙恒也跟着去了。

工棚里拥挤地摆放着上下铺铁床，风通过窗户正飕飕地往里灌，吹得屋内挂晾的衣裤呼啦啦响。有的工友还睡光床板。他们倒很开心，把双手在泥灰斑驳的工作服上蹭蹭，接过捐赠的衣服和书，乐呵呵地挤站在有限的空地上。

"正好我也带着吉他，不如我唱歌给大家听吧。""好！"

在他们面前，孙恒很放松，跳到床板上就唱。第一首，用陕西方言唱《一个人的遭遇》，讲农民工小吴被收容的经历。他唱着，他们鸦雀无声；他望着他们，他们也热情地望着他；他被感动了，他们的眼睛里也亮闪闪……"再来一个！"掌声如潮！"好，再来！《彪哥》！"

孙恒唱到嗓子嘶哑，农民工兴致不减。后来换农民工自己唱，他们脸红红的，手扭捏着，还跑调，但一直掌声不断，工棚里温暖如春。那个夜晚，是孙恒的精神盛宴。"他们那么真诚质朴，跟酒吧的听众完全不同。我不是在表演在供人消遣，而是遇到知己相互鼓舞。他们需要那样的歌，我也需要那个舞台。"

另一个音乐梦开始滋生。不再追求高高在上的"星"，孙恒就想踏踏实实，为自己的兄弟姐妹们唱歌。2002年"五一"，孙恒和三四个志趣相投的朋友，创办了"打工青年艺术团"，孙恒任团长。

打工青年艺术团的第一场演出，在北京某高校的建筑工地。三个人上台，就两把吉他和一把口琴。裸露的电线上垂挂着三只小灯泡，麦克风只能绑在钢筋上，就那条红底白字的条幅最醒目："天下打工是一家！"

面对台下五百多名工友，孙恒有些激动："我们不是专业的文艺团体，来自全国各地，从事各种工作……昨天我们为这个城市创造了巨大的物质财富，今天我们也要创造自己的精神生活。我们说劳动者最光荣，而打工者群体是这个时代的新型劳动者，所以要唱《打工打工最光荣》！"台下一片欢呼。

唱到《团结一心讨工钱》时，台下沸腾了，跟着孙恒齐声吼唱："讨工钱！"当时拖欠农民工工资的现象很普遍，他们压抑的情绪一点就燃。老板害怕了，马上出面，要求停止演出。就这样，第一次演出不欢而散。

这还只是困难的冰山一角。工地老板的态度非常冷漠。联系演出场地100次，只要有一次成功就值得庆贺。理由很多："免费演出？有这样的好事？""真有，工人也没空看，天天加班！"满腔热情被浇了个透心凉，可是，孙恒还是不放弃，不甘心。

"如果一个人没有理想，同一条咸鱼有什么区别？"无厘头的周星驰都曾经这样说。

在孙恒的执著努力下，打工青年艺术团渐渐赢得了舞台和信任，羽翼丰满。两年多来，他们在北京大大小小的工地义务演出一百多场，观众有两万多人。其间，他们也吸引了不少"演员"加入，修理工、保安、保姆、厨师，都是打工者，吹拉弹唱说样样齐全。

每次联系到演出，大家干完活儿就从四面八方赶过去，骑单车、挤公交车或者走路。路远的还得饿着肚子演出，连个盒饭都没有。少得可怜的几次聚餐，一伙人花费从不会超过20元。

"虽然平时大家工作都很累，演出也没有一分钱，但只要兄弟们要看演出，我们都会准时赶过去。还有人笑我们太理想主义。"

理想主义者就是这样的人：不是英雄，没有高深的理论；但总在踏实做事，不仅为自己，还为了让他人的生活和整个社会更美好。

没变的还是一无所有

打工青年艺术团逐渐声名鹊起，孙恒也发现更多的问题：工友们需要的，不仅是歌声。

譬如歧视问题。一次，有个农民工上了公交车，可能刚从工地下来，一身白漆一头灰，乘客立刻退避三舍。孙恒看见售票员要赶小伙子下车，弄得小伙子一脸通红。最近海口发生的事情就更荒谬，某旅行社负责人为了抗议五星级酒店违约，让百余名农民工入住该酒店。不知内情的农民工起初欢天喜地，在酒店却处处遭受冷遇，甚至得乘货运电梯回房。

更严重的问题，是农民工缺乏维权意识，遇到事情不知所措。有个农民工，在脚手架上干活儿时不慎摔伤，老板给了 300 块钱就手一挥再不管了。别说医疗费，回家的路费都不够！他躲着掉眼泪，后来是孙恒找了记者和律师，去跟老板谈判。从下午 5 点，谈到深夜 12 点，老板终于答应赔付 3000 元。揪着孙恒的那股难受劲儿，总算缓解。拖欠工资的事情就更多。他身边打工者的遭遇，演出时工友们掏心窝子的话，让他觉得很不好受。

孙恒想干更多的事情。2002 年 11 月，孙恒正式注册成立了"农友之家"（属于非营利性的社会公共服务机构），开展法律咨询、权益维护和大众电脑培训等工作。2003 年 3 月，得到香港乐施基金会的援助，孙恒成为"农友之家"的专职工作人员。继而，他把募捐来的二十多台旧电脑拼放在一起，请大学生志愿者当教师，开办起每期三周的培训班。2004 年 2 月，孙恒又在肖家河社区成立"打工者文化教育协会"，坚持"用歌声呐喊，以法律维权"，请来律师和大学生，为打工者普及法律知识，进行计算机和英语培训，组织就业指导。现在协会有一百多个注册会员，二三十个骨干。

这一切都不收取分文报酬。孙恒的愿望很简单：通过学习，改善打工者的生存状态，增强他们的维权意识。不是满腔热情就能做好事情，但孙恒看到了越来越多的光明：2003 年温家宝帮农民工讨要工资，让 1 亿农民工心头温暖；政府对"三农"问题日益重视和关注，将推动中国的城市化进程，农民工的幸福更有保障。

2004 年 9 月，京文唱片公司为打工青年艺术团出版专辑《天下打工是一家》。同年，孙恒被国家司法部、四川省政府授予"维护司法公正形象使者"称号。

这些荣誉，孙恒只字不提，只希望人们多捐点书或旧电脑，再办个能读书、能搞培训活动的打工者之家。他仔细地给记者写下了捐助电话：（010）62819903，81604803。

"你也是名人了，有成就感吗？"

"荣誉都是属于那400万人的，我个人只是小人物。这些年，没变的还是一无所有，还和7个人住1个小院子，变化的是自己在成长。当初，我按照公认的成功标准做人；现在，我只想做点悦己又悦人的事情……"

记者看见，一直严肃的孙恒，终于笑了。

（摘自《读者》2005年第12期）

慈善"天使"达佳

田祥玉

在"2008年长沙市慈善新春颁奖晚会"上，一位13岁的女孩，竟当选了"十大慈善人物"。这个女孩叫王达佳，是湖南省长沙市青竹湖湘一外国语学校的一名初二学生。2009年2月21日，湖南省委一领导见到13岁的王达佳，笑着拍她的肩膀说："你就是王达佳啊，我是你的超级粉丝。因为你是最善良的天使！"

是的，在那些接受过她帮助的人眼里，达佳就是天使。

小小的心，竟装下那么多人

5岁时，父母带达佳去繁华热闹的五一街过平安夜。天空飘着零星小雨，让人忍不住打寒战。

瞬间的工夫，妈妈黄锦智发现刚才还牵着手的女儿不见了，她焦急地呼唤着女儿的名字。"妈妈，我在这儿!"达佳的声音从背后传来，黄锦智和丈夫王大顺赶过去，见女儿达佳竟卷起裤管，赤着脚在地上走! 妈妈一脸严肃地将达佳抱起来，还没说话，达佳先低头认错了："妈妈，对不起，但是……"她顿了顿，看着周围那几个赤脚的卖花小孩说，"我只是想试试赤脚走路有多冷。好冷啊，妈妈，给他们买双鞋吧!"

见女儿的眼眶里蓄满泪水，黄锦智不忍心告诉女儿，要救助这些赤脚的卖花小孩，并不是买一双鞋那么简单。见妈妈沉默不语，达佳急了，她决定用攒的零花钱来买孩子们的玫瑰花。

5个孩子共45朵玫瑰花，幼小的王达佳根本抱不过来。但她高兴极了，虽然小脸通红、手脚冰凉，步子却无比欢快。当有人问达佳的父母，如何培养了这么懂事的孩子时，他们不知如何作答，因为女儿的行为也常常令他们吃惊。也许，达佳的善良和无畏是与生俱来的吧! 就像两岁多时看《白雪公主》，当恶毒的继母给白雪公主吃下毒苹果，她会突然泪水滂沱地问："坏人为什么要害白雪公主? 我想让她活过来。"就像她3岁上幼儿园，为了让突然失去爸爸的小朋友不难过，她会慷慨地把自己刚买的裙子和玩具全部送给小朋友;4岁去医院时，她求妈妈帮助一个没钱住院的大学生;7岁时，她把自己的压岁钱给了一个孤寡老人;8岁时，见社区里住着的外来务工人员子弟穿着破旧衣服，用塑料袋当书包，她就去亲戚或邻居家，让他们捐献不用的书包、衣服、课外书和资料。达佳还随身带着一个小本子，将人家捐献的东西一一详细记录下来，然后郑重地让他们签名。

达佳读小学时，她所在的班级每隔一段时间就去福利院看望孤寡老人。有一天，她从福利院回来后跟父母说："我们给的钱太少了，去的次数也太少了。我想挣点钱给那些需要帮助的人。"

这么小的孩子，怎么去挣钱? 让她做家务，大人给她发工资? 去亲戚开的饭店帮工? 王大顺和妻子都觉得不好。夫妻俩想了很久，终于想到了一个办法:去公园义卖。达佳主动贡献出压岁钱，批发了100只气球，然后和父母一起去"挣钱"。春寒料峭的清晨，一家三口搬着桌子带着气球去了公园。桌子刚摆好，公园的管理员就来呵斥他们离开。还有人说："现在的大人真是可恶，竟拿这么小的孩子当幌子骗钱。"达佳委屈得直掉眼泪。

但孩子毕竟是孩子，达佳很快忘记了这段令她不愉快的小插曲，父母也没再提起。当第二个周末她要求去公园时，父母再次陪她去义卖气球。没想到，这次管理员不仅帮他们摆放桌子，还夸赞了达佳并跟她说了对不起。这让达佳有点不好意思，但更多的是兴奋。依然有人投来怀疑和嘲讽的眼神，但达佳仍笑脸相迎。看女儿欢快而辛勤地奔波，看她把气球分发出去，追随人群走远，王大顺很欣慰。原来，为了让女儿不再受委屈和怀疑，王大顺专门去长沙市慈善协会开了证明，证明他们义卖气球的钱会拿来帮助孤寡老人，所以公园管理人员转变了态度。

她究竟拥有怎样神奇的力量

卖气球、卖报纸，达佳还去果园采摘水果榨鲜果汁卖……义卖得来的钱，达佳细细数好存在箱子里。如果钱不太多，她就为外来打工者的孩子买书包，或者给孤寡老人买大米、鸡蛋；如果凑到200元，她就寄给农村的贫困学生。

考上湘一外国语学校后，王达佳的老师和同学从电视上看到了她的事迹，校长在学校的广播里号召大家向王达佳学习。有同学对王达佳说："你做好事怎么都不告诉我们呀？下次要叫上我们！"有些同学跟她去义卖，去了几次后就受不了了，地方远，饿了只能吃便宜的素米粉，更重要的是，他们真的腾不出那么多时间。在同学眼里，达佳简直就是超人：不迟到、不旷课，还能做很多很多的事情，她究竟拥有怎样神奇的力量呢？达佳说，父母总是陪着她，亲戚、父母的同事也总是在周末神兵天降一样地赶去帮忙，还有那些她曾帮助过的孩子，有时也会跟她一起满长沙地奔波。有人夸她，达佳就谦虚地说："因为我是小孩子嘛，小孩子做什么都会有人帮忙，我一个人是做不了那么多事情的。"

2007年年底，湖南遭遇了冰雪灾害，达佳设计了卡片，封面是一个怀抱暖壶的雪人，雪人头顶红太阳，封底是蔚蓝的天空和碧绿的小草，草地上有悠闲的牛羊。"冬天的后面走着春天"——这是卡片上面的话。贺卡背面的话是："征集2008位爱心人士，为希望工程捐款。"整整一个寒假，达佳白天都在外面奔波，去了无数地方，遭遇了许多嘲讽和白眼，但最终的成绩让她很满意，5000张贺卡全部卖了出去，筹得善款12008元。2008个好心人的签名，温暖地落在达佳设计的条幅上，汇聚成一颗大大的红心。

2008年3月9日，达佳在父母的陪伴下，捐出12008元善款和2008个签名汇成的一颗"红心"。接受资助的，是雪灾最严重的浏阳市田家炳实验中学。受助的12位学生，年龄都比王达佳大。亲手将钱交给他们时，达佳看见一个姐姐流眼泪，她用自己的手绢给她擦干。

2008年5月12日，汶川大地震。看着电视里每天播放的汶川的消息，达佳哭着说："我想去四川，我从这边买方便面和鸡蛋给他们送过去……"黄锦智将女儿揽进怀里，告诉她："妈妈理解你也支持你，但现在四川很危险，那边也不会接收你这么小的义工。"爸爸对达佳说："你在长沙也能帮助灾区的孩子呢。现在，我们一起来想法子吧。"

达佳爱画画，作文也写得很好。小学四年级时，爸爸曾向她承诺，如果每篇作文都得优秀，集到70篇就给她出书。细心的父亲保留了女儿的每一幅画和所有作文，本来想等到她18岁，给她出一本书作为成人礼，现在看来这个计划要提前了。达佳却有些犹豫——12岁的小孩出书，人家会笑话的。

但第二天，达佳接到了好多电话，爷爷奶奶、姥姥姥爷、父母的同事和朋友，他们都说，达佳的图画和作文很棒，她要是出书，大家都会争相购买，这是达佳帮助四川孩子的最好方式。

她希望自己拥有的幸福，别人也能拥有

最终达佳的书定名为"成长，从感恩出发"。父亲精心挑选了她7岁到12岁的70篇作文、60多幅绘画。两个多月的时间里，达佳每天放学后就直奔房间，画画、校对作文。

9月，长沙仍酷热难当，达佳带着150本新书和父母一起去公园。这与卖气球、报纸和果汁很不一样，达佳心里忐忑不安，她担心书没人买，帮不到四川的孩子。当天，150本书全部卖完了。妈妈为了犒劳达佳，要带她去吃肯德基。达佳却说："买一碗米粉就行了。"

走遍了长沙所有的公园、热闹的街区和大学校园，《成长，从感恩出发》卖了4万多册，共筹得善款12万元。

有一天，妈妈带达佳去买羽绒服，她突然跳起来嚷嚷："妈妈，我终于想到怎么帮那些孩子了！"在长沙市一中，有86个来自四川理县的孩子借读。达佳为他们每人买了一件羽绒服，她在心里祈祷：但愿这些漂亮的羽绒服所传递的温暖能直抵他们的内心，在马上到来的春天以及以后所有的日子里呵护着他们。

86件羽绒服花了2万元，剩下的10万元，王达佳决定为四川地震灾区学校捐建一间电教室。当10万元巨款连同800本图书、300张贺卡到达四川理县杂谷脑镇小学时，所有的老师和同学都不敢相信，这么厚重、温暖又特别的礼物，竟出自一个13岁女孩之手。

许多见过达佳尤其是接受过她帮助的人，都会叫她"天使"。人们问她："你觉得天使是什么样子呢？"她说："天使就像——那个捡到钱包并把它交还给你的老妇人；那个告诉你当你微笑时，你的双眸能照亮世界的出租车司机；那个你以为自己无法被触动时，却拨动了你心弦的朋友……"

（摘自《读者》2009年第21期）

中国有多少渴望的"大眼睛"

舒 婕

15 年前，《中国青年报》摄影记者解海龙深入大别山区采访希望工程，在众多的泥孩子中发现了一双闪亮的"大眼睛"，拍下《我要读书》这张极具感染力的照片，正是这双渴望知识的"大眼睛"刺痛了国人的心，也引起了更多人对我国希望工程的关注。

事实上，中国除了渴望读书的"大眼睛"，还有许许多多渴望治病的"大眼睛"，渴望救灾的"大眼睛"，渴望生存的"大眼睛"……

上不上学：贫困生"抓阄"

在甘肃省榆中县新营乡谢家营村山顶社，杨英芳的父亲，53 岁的杨育祥去年只挣到了 1000 元人民币，而两个孩子的学费则需每人 800 元。他决定每个孩子上学的时候各带走 500 元，所欠的钱等庄稼收获之后再补上。但是在暑假的最后几天，儿子杨栋间接地向父亲表示，他想一次性交清学费。

一天中午，杨英芳一家干完农活从地里回来，炊烟袅袅升起，村庄和往常一样安静。杨育祥手里捏着两个纸团，把两个端着碗吃饭的孩子叫到面前，面无表情地说："现在没钱，只能一个上学，抓上有字的就把钱（学费）交了，没抓上的就等到土豆收了之后再交（学费）。"但是谁都知道，这"以后再交学费"很可能意味着再没机会走进学堂。

弟弟杨栋表示自己不抓，并说姐姐不读了，他也就不读书了。杨英芳则坚持把弟弟的学费先交上，自己的欠下，也不愿意抓。杨育祥夫妇已硬下心来让杨栋去读书。但两个孩子都不抓，眼看计划无法继续，杨育祥不得不强带微笑说："你们俩抓一下，开个玩笑。"并把手伸向了女儿杨英芳的一边。原来他手里的两个纸团都是空白的。看到父亲如此坚决，杨英芳随意拿过一个纸团，打开一看，纸上什么都没有，她一下子瘫倒在地上。夫妻俩相对无语，离开了房间。

像杨英芳家这样上不起学的家庭在中国还有千千万万个。因贫困上不起大学的事情也正在引起社会舆论的广泛关注。据国家教育部统计，截至2005年8月，全国有贫困大学生405万人。各项调查表明：70%以上贫困大学生来自农村，西部省份贫困大学生比例较高；民族院校以及农林、地质、石油、冶金等艰苦行业高校的贫困生人数较多；农村特困生无力缴纳学费及购置必要的学习用品；农村特困生的日常生活没有经济保障，生活费难以达到学校所在地最低伙食标准；贫困生的心理压力问题普遍存在。

"我不想因为20万元放弃生命"

2005年1月，山西芮城25岁的刘利被确诊为慢性粒细胞白血病。治疗这种病大约需要20万元的手术费，这对于一个从山区出来的年轻人，无疑是一笔巨款。后来，湖北的一家媒体免费给刘利拍了一个广告，他那近乎绝望的呼唤撕人心肺："我这种慢性粒细胞白血病早期手术成活率为 95%，2005 年是我关键的一年，错过了我将无缘尘世。我不想因为这 20 万而放弃生命……"

事实上，刘利的境遇折射出了当前我国重大疾病救助的一个困境。以白血病为例，根据红十字会的数据，中国目前至少有 400 万白血病患者，每年还在以三四万人的速度增加。其中有许多患者，因为担负不起高额的医疗费而放弃了治疗。而这些白血病患者中，和刘利一样向社会寻求救助的人不在少数。记者在网上进行检索，发现与白血病求救有关的网页有 3 万多个。

"母亲水窖"，生命之泉

没到过西北干旱地区的人，的确很难想象吃水难，会难到什么程度。在甘肃永靖县杨塔乡松树湾村泉水社，由于妈妈有病生活不能自理，爸爸为了医治妈妈的病外出打工挣钱，12 岁的小女孩翠翠从未上过学。泉水社没有泉水，为了生活，她必须到 1 公里外、位于山谷底部的泉眼去打水。12 岁，在城里还是天真烂漫、在父母怀里撒娇的年龄，而翠翠却过早地体验了生活的艰辛。

"水在这里就代表着生命。由于地下水是咸的，打出的水不能浇地。要解决人畜饮水困难，唯一的途径就是每户修建水窖实施雨水集蓄利用工程。"会宁县委书记常守远告诉记者。

修建一口水窖仅仅需要 1000 元。对有些人来说，1000 元钱或许不算什么，可是在干旱的农村却意义非凡。1000 元就可以解决西部干旱地区一家人全年的饮水困难。正像村民们说的那样，"水窖'攒水'就是攒金子，关键时候救庄稼，救牲口，救人哪！"而目前，会宁县还需要 20 万口水窖。

千万双"大眼睛"凝视着我们

目前，中国需要救助的群体和个人，数目之庞大，令人忧心。"目前中国除每年有 6000 万以上的灾民需要救济，2200 多万城市低收入人口享受低保以外，还有 7500 万农村绝对贫困人口和低收入人口，6000 万残疾人和 1.4 亿 60 岁以上的老年人需要各种形式的救助和帮助。"民政部部长李学举介绍说："中国农村绝对贫困人口约 3000 万，城镇失业下岗者中的贫困人口约 3000 万，加上残疾人、受灾人口等其他生活困难者，需要社会救助的人口超过 13 亿总人口的 10%以上。"

据民间有关调查公司数据显示，在北京星巴克，一杯咖啡要 25 元，在贫困山区，这是一个中学生半个月的伙食费；在北京钱柜 KTV，一个小包厢要 185 元，在贫困山区，这可以资助一个孩子读完一年的小学课程。捐款 10 万元可资助改造危旧校舍，捐款 20 万元可援建一所希望小学。千万双"大眼睛"凝视着我们……

（摘自《读者》2006 年第 19 期）

2478 号义工的四次流泪

谢胜瑜

2006 年 4 月 22 日，"2005 年度感动中国"人物、资助了一百七十多位贫困儿童入学的深圳义工 2478 号丛飞因病去世。

噩耗传来的同时，我从媒体上看到：4 月初，丛飞向医院郑重提出，停止静脉补药治疗，仅保留镇痛治疗，希望能把用在自己身上的治疗费用到其他有"治疗价值"的人身上，并且提出死后捐出眼角膜。悲恸之余，丛飞四次流泪的故事再次回响在我耳边。

"疯子"的泪

自从 1994 年 8 月从成都参加一场为失学儿童重返校园的义演活动回来后，丛飞先后认领了一百多个学生。一对工薪夫妇供养一个独生子女上学已经不易，而丛飞一个人却要负担一百多个孩子的学费，一百多个啊，生活压力该有多么大？

这一切，丛飞都没有告诉远在东北的父母。所以，当老两口来到深圳的时候，他们的脸上写满了疑惑：五十多平方米的房子，没有一件像样的家具，新衣柜门关不上，沙发坐上去吱吱响，家里的摆设也简单得不能再简单……儿子在深圳已经很有名了，一场演出就可以挣到好几千，怎么会把日子过成这个样子？

"大热天的，没有冰箱怎么行？"母亲问。

"家里离菜市场近，现吃现买，每天都可以吃到新鲜菜，所以，就省了。"丛飞答。

第二天，银行邮来一张催缴购房贷款的账单。父亲终于忍不住问："你挣钱也不少，为什么连银行的贷款都拖欠着？"

"我在贫困山区资助着一百多个失学孩子，刚刚给他们寄完学费，就没钱交供楼款了。"丛飞心虚地坦白道。

"你一个平民老百姓，哪来那么多钱供一百多个孩子读书？"老两口做梦都没想到儿子把别家的孩子当崽养，"你这个疯子，怎么就不想想自己呢？"

更难理解他的是妻子。2001年年底，丛飞刚将3000元钱交到妻子手里，便接到一个受助孩子的电话："爸爸不让姐姐去读书了，你能不能再多给我家一些钱，让我姐姐也继续读书？"犹豫了一阵后，丛飞向妻子开了口。妻子气愤了："你把血汗钱都给了别人，却让我和孩子跟着你过这种苦日子，你傻不傻啊！"丛飞心中有愧，却还是安慰妻子说："等我把这批孩子供到毕业后，我一定让你和孩子过上好日子！"妻子听了，更是气得不行："等他们毕业是什么时候？这种日子我现在就过够了！"最后，妻子去法院起诉离婚，把两岁的女儿留给了他。

抱着因离开妈妈而啼哭不止的小女儿，丛飞一时陷入了无助和绝望中，泪水止不住地吧嗒吧嗒往下掉……

"骗子"的泪

2005年2月。按照惯例，丛飞每年这个时候都要去一趟贵州，在孩子们开学前给他们送去学费，但今年他去不成了——他的身体经不住长途跋涉，而且连治病的钱都不够，哪里还有钱给孩子们交学费呢？要命的是，他的嗓子坏了，沙哑得连说话也很吃力。丛飞为此痛苦万分："嗓子万一治不好，不能唱歌挣钱了，那一百多个孩子的学业怎么办呢？"

一边是未确诊的病痛，一边是对无法给孩子们送去新学期学费的愧疚，丛飞度日如年。丛飞的电话，就是在这时候多起来的——

"你说好2月来给孩子们送学费的，怎么还不来呀？"

"还不把钱送来，我们的书还念不念啊？"

这都不算什么，更锥心的痛还在后面——

一日上午，丛飞刚将手机打开，一个催款电话就打了进来："你不是说好要将我的孩子供到大学毕业吗？他现在才读初中，你就不肯出钱了？你这不是坑人吗？"丛飞解释说自己病了不能演出挣钱了，暂时没钱给孩子交学费，等身体好了一定想办法寄钱过去。对方听罢，问："你得的什么病啊？"丛飞把病情说了，对方又是一句："那你什么时候才能治好病演出挣钱啊？"

丛飞住院后，不断有身强力壮的年轻人打着看望他的旗号，来寻求"经济上的资助"。一些没要到钱的人心怀不满，对丛飞说："你能救不救，算什么爱心大使？"有两次，丛飞耐心地给上门者讲做人的道理，鼓励他们自立自强，没想到对方很不耐烦，说："我们是来要钱的，不是来上课听讲的。"

……

英雄一时气短。在无数个"有道理"的求救者面前，丛飞一时成了一个"没有道理"的人，有人甚至干脆骂他是骗子。躺在病床上，丛飞问自己：

难道自己真的在哪儿犯了错？这些求助的人为什么会把别人的帮助当作理所当然？为什么有些人一旦不再需要资助或某个要求没能得到满足时，态度会变得如此冷漠和没有人情？当爱不能唤醒爱，不能传递爱的时候，自己这十几年的所作所为还有没有实际意义？

想到这些，他怎么也控制不住自己，委屈的泪水夺眶而出！

"逆子"的泪

丛飞唱歌有个习惯——演出前不吃东西，他怕吃饱饭影响了发声效果。所以，一旦遇上上午和晚上都有演出，他就得连续十几个小时不吃东西，坚持到演出结束时才吃。为了让他能吃上一口热饭，丛飞的母亲经常在午夜给他做饭，而经常的情况是，回到家的他又累又饿，胡乱扒拉几口倒头就睡了。

胃就这么开始痛了。但胃痛算什么呢？丛飞使劲用拳头和硬物顶一会儿，或服几片止痛药，等头上冒了一通热汗后，痛就过去了。痛过去了，他又上台继续纵情放歌。父母一次又一次地劝他去医院看病，可他从不听他们的话："没事，等忙过这一段再说。"

2005年1月，丛飞抱病参加为海啸灾区赈灾的6场义演时，已经连食物都难以下咽了。当他忍着剧痛坚持完最后一场演出时，额头上已经挂满了黄豆大的汗珠。那天晚上，他大口吐血并昏迷了很久。

因为怕住院治疗费钱，丛飞硬挺了一年多没有住院治疗。他的病情迅速加重，体重在两个多月里下降了30多斤，甚至连嗓子也嘶哑了起来。这可是一个歌手的生命啊！4月22日，丛飞才同意住院，而这时，他连几百元买药的钱都拿不出来了。

5月12日，活检报告出来了：癌症！得知这个消息，丛飞长时间地在病房走来走去，朋友在一旁说着宽慰的话，丛飞听着听着，再也忍不住内心的悲痛，伏在床边号啕大哭起来……

他骂自己是"逆子"，父母年迈多病，却要撇下他们不管；女儿只有 4 岁，亲娘不在身边，没了父亲怎么办？还有年纪轻轻的妻子邢丹，怀着他 4 个月的骨肉将如何生活……

半个小时后，他终于冷静下来，向朋友口述了三条遗嘱：一、不要让孩子拖累邢丹，劝邢丹把孩子拿掉，如果可能，帮她找个好人；二、父母回生活相对容易的老家；三、想办法找到有爱心的人，继续承担失学儿童的学费，直到他们学有所成。

"傻子"的泪

邢丹嫁给离异又带着小孩的丛飞，甚至为照顾丛飞和他的女儿辞去了空姐的工作，很多人都不理解，邢丹的母亲也不赞同，问她图的是什么。邢丹的回答很干脆："图他的爱心。他人好、可靠，对素不相识的人都那样有爱心，对我还会坏吗？"

但不久，她就发现，丛飞爱得有些过头：他总是有求必应，有些人甚至产生了依赖，遇到困难不去想办法克服，而是直接找丛飞求助，有些要求还很过分。

她每次劝他，他总是一句话："人都是有自尊的，一个人不是有了难以克服的困难，是不会轻易向人伸手的。"

所以，自从邢丹嫁给丛飞后，家里几乎没有断过前来求助的人。有一位东北老乡没有找到工作，找到丛飞说想在他家吃住几天，丛飞答应了。可对方找到工作后并没有搬走。炎热的夏天，三口之家已经很挤，再加上个外人，生活更不方便。偏偏这时候又有丛飞资助的两位大学生找上门来，说深圳吃住费用太高，也想暂住一段，丛飞又答应了！

2005 年 6 月，在丛飞住院后，深圳团市委专门为这位给社会捐献了 300

多万元的爱心功臣向市政府申请来了一套房子，供丛飞一家暂住。当团市委工作人员把景田花园一套 94 平方米的住房钥匙送到医院时，丛飞眼里感动的泪水一下子就溢了出来，但他死活不肯接过钥匙。在场人员轮流给他做工作。却没想到，他扑通一声跪倒在地，流着泪说："我已经无力资助那些失学的儿童，怎么可以倒过来接受政府的援助呢？我献的一点点爱心，早已从那些孩子的身上得到了比钱、比房子更重要的回报！我感谢组织的关怀，但无论如何都不能要这房子啊……"

"傻子"丈夫情真意切的表白，让一旁的妻子也忍不住背过身去，跟着不停地擦泪……

（摘自《读者》2006 年第 13 期）

阳光财政离我们有多远

杨 军

　　阳光财政虽然是个已无新意的老问题，但在刚刚过去的一年里，这个迟迟不能解决的老问题因为新情况再次成为焦点，从年初热到了年末。

　　国务院在日前向全国人大常委会做的落实审议意见报告中提出，将继续推动中央部门预算公开，争取再经过两三年的努力，使所有中央部门的预算都向社会公开。

　　在 2009 年年初，因为 4 万亿巨额投资的使用问题，信息透明、让公众能够监督资金流向的呼声日高，阳光财政成为当年"两会"最热的议题。2009年年末，广州市财政局将广州市 114 个政府部门的 2009 年度本级财政预算全部放到了广州财政网上，这是中国内地城市政府第一次在网上公开全部本级财政预算，引发了近乎狂热的关注。在预算上网公开之前，广州财政网每天只有 1000 次左右的点击率，公开之后，点击率暴增了 40 倍。广州财政网甚至一度因为无法承受蜂拥而至的下载而瘫痪。社会的关注度如此之高，恰恰反映了政府关于财政预算的公开信息还远远不够。

难以完成的质变

为什么广州市财政预算的公开会引发如此狂热的关注？因为中国公众对财政支出一直缺少应有的知情权。

近年来，财政信息公开有一些进步，国家在这方面做了一些努力。比如社会各界十分关注的国家财政收支月度执行基本数据，过去需 3 年后公开，现在已形成制度，于每月 15 日前后向社会公开上月数据。国资委公布了 100 多个央企的财务数据。社保部门提出，要把社会保障资金的运转情况、经营情况公布。但是，这些只是局部的量的变化，财政信息公开的整体情况还很不理想。

全国政协委员、上海财大教授蒋洪已经当了两年全国政协委员，他连续两年对各省财政信息透明度进行调查，结果令人震撼。每次，他和他的项目组都把精心设计的涉及 113 项基本财政信息的调查问卷，发往各省政府信息公开办公室、财政厅，提出信息公开申请，同时通过对政府网站和出版物的检索来收集财政信息。

调查结果表明，2008 年，在这项研究所设定的 113 项基本财政信息中，公众能够获得的信息平均为 22 项，仅约为所调查信息的 1/5。如果 100 分为满分的话，从公民层面来看，2008 年，省级财政透明度只有福建省及格，得分也仅有 62.7 分，最低的省份不到 15 分，我国省级财政部门的透明度平均得分仅为 22 分。而且，凡是涉及细节的财政信息，基本上无法获得。

需要说明的是，该项评估所采取的是一种要求非常低的评判标准，调查只考察财政信息是否能够获得，没有考虑这些信息的规范性、真实性与及时性，也没有过多地涉及信息细节。也就是说，即使按最起码的标准来衡量，中国财政透明度也处在极低的水平。

财政信息不公开，缺乏透明度，是当前财政管理中一个亟待解决的问题。2008 年 5 月实施的《政府信息公开条例》和 2008 年 9 月财政部发布的《关于进一步推进财政预算信息公开的指导意见》等文件，都要求地方政府信息公开，特别是要加大财政预算信息的主动公开力度。这已经为财政信息公开创造了一定的条件。但是迄今为止，除了个别地区和部门外，多数地方还在以"国家秘密"为由，对社会公众公开地方政府预算的要求置之不理，离保障人民知情权的要求还有很大的距离。

"阳光财政"是公共财政的监督体系建设，它要求把作为社会公众当家理财重要工具的政府财政支出情况予以公开、透明，让社会公众有渠道了解和参与政府财政预算编制和决策过程，有机会表达自己的意见和偏好，有权利监督政府部门资金的使用情况。

缺乏监督的预算

财政信息公开情况差，透明度不够，使公众基本丧失了对财政的监督权。公众不知道财政的每一笔钱是怎么花的，也没有畅通的渠道可以质疑财政预算中的问题并得到满意的答复。可以说，从预算编制、预算收入入库到预算支出和预算监管诸环节，都存在较大的随意性。缺乏公共监督的财政，使各级政府和部门有了相当大的自主财权，这既造成了大量资金使用的浪费，更导致了贪污腐败行为的发生。

通过近年审计署陆续公布的审计结果不难发现，中国财政收支、税收征管等环节存在不少问题，预算失规问题具有普遍性。有相当数量的部门在预算执行中直接攫取、侵吞公共财政资金，主要包括虚假报销、冒领、套取资金，不按收支两条线管理，公款私存（包括账外存款和公款转移）、公房私租、违规收费，超范围支出和违规列支费用等。其中很多问题并没有相应的惩罚措施，导致一犯再犯，愈演愈烈。

　　审计系统的监督可能是目前的财政监督体制中最为有力的监督。但审计监督实行的是事后追惩制，问题发现时损失已经造成，很多问题是"年年审计年年犯"。从 2004 年刮起的审计风暴，震慑作用已经越来越弱。根据审计署 2009 年 12 月 30 日公告，2008 年度对中央预算执行和其他财政收支审计查出问题的整改结果显示，13 家中央企业因决策失误、管理不善和违规操作等造成的损失中，初步确认有 28.42 亿元已无法追回。

　　中国的财政监督体制尚未完善，目前，主要依赖政府的内部监督，有各级人民代表大会的监督和审计监督等。按照我国的《宪法》和《预算法》，各级人民代表大会应该是最重要的财政监督机构，政府预算未经人大通过不得执行。全国人大常委会的预算工作委员会也只有区区 20 人，而绝大多数地方人大根本就没有专门的预算监督机构，这些地方对财政预算的监督几乎为零。而且全国几万名审计人员，要审计几千万公务员和十几万家国有企业的财务状况，人力明显不足。

谁来改变利益格局

　　广州市财政局公布 114 个政府部门的本级财政预算，被视为走向阳光财政的壮举，可以说广州在财政信息公开方面走在了全国最前列。但随着 114 个部门预算的公布，一系列突出的问题也摆在了广州市财政部门的面前。公开不等于透明，预算公开后有很多市民反映"看不懂"，认为很多科目还不够细化。民众积极查阅预算，并向政府提出疑问，最终实现预算形成及审议过程的民主，这才是信息公开的真正意义所在。

　　据了解，在香港，82 个政府开支项目会逐一罗列，最近 5 年的收支统计一目了然，纳税人缴纳的每一分钱怎么花，花在哪里，香港市民都能在特区政府网站上找到详细数据。预算案中不仅编列当年预算，还附上其后 5 年收支中期预测，协调短期、长期整体经济规划。市民可以在预算案发布当日到指定地点领取印刷版本，或者直接从网站上下载预算案的全部内容。预算案不仅详细，而且生动易懂，在文字、数据之外，配有大量插图、表格甚至漫画。在香港，政府财政预算不是在出炉之后才向社会公布，而是在制订的过程中就阶段性地向社会咨询，获得反馈后进行修改，如此往复。这很值得中国其他省市借鉴。

阳光财政应该怎样走，其实每个人都心知肚明，但推行起来一直阻力重重。"阻碍的原因很明了，无非信息公开后，各方面都会表达自己的诉求，对政府决策方面的要求会更高，一些政府部门要谋求局部利益或特殊利益就会有一定的困难，遵守长官意志而违背公众意志就会受到很大的阻碍。"蒋洪说，"信息公开本身旨在改变财政资金使用的格局，公共决策过程中权力结构会发生变化，也会使原来的利益格局发生很大改变。目前在公共资金使用中，公款被滥用、浪费或装到私人腰包里的事情时有发生；有些立项对百姓可能意义不大，但对领导的政绩有意义，这样的事时有发生。财政信息一公开，这类事情必然会大大减少，形象工程肯定会被质疑，'三公'消费必然会受到限制。总之，信息公开必然会影响到一些人的利益。"

（摘自《读者》2010 年第 13 期）

建筑垃圾正在吞噬我们的城市

林　衍

在北京待了 20 年，徐福生因为拆迁已经搬了十几次家："从四环被撵到了五环，马上要被撵去六环了。"

不过每次"被搬家"，徐福生都很高兴。这位做建筑垃圾回收的生意人表示："还要拆，就还有生意做。"

在徐福生眼里，建筑垃圾也分三六九等：施工现场废弃的破旧门窗、泡沫板、铜铝铁都是好东西；渣土、碎砖石则是真正的垃圾——"连我们捡破烂的都不要，还有谁会要？"

答案是土地。

美国加州大学伯克利分校的地理系博士高世扬花了近 1 年时间，调查了北京建筑垃圾的回收情况。他得出了一组惊人的数据：在北京每年产生的 4000 万吨建筑垃圾中，回收利用的还不到 40%，其余都以填埋的方式进行了处理。

这一数字远高于北京每年 700 万吨的生活垃圾产出量。换句话说，就在我们为生活垃圾的处理问题焦头烂额时，建筑垃圾正如一头无人约束的猛兽，悄悄地吞噬着我们的城市。

"无人约束。"高世扬再三强调。据他调查，只有 10% 的建筑垃圾会被运往消纳场所，其余的或被随意倾倒，或被运往非法运营的填埋地进行处理。

每年都像是发生过一场大地震

2003 年，徐福生发现建筑废品的产生量和需求量同时大增，就将事业重点从生活垃圾转向了建筑垃圾。

后来，他听说那一年正是围绕北京 2008 年奥运会进行的城市建设启动年。从那一年开始，北京的建筑垃圾年产生量从 3000 万吨激增至 4000 万吨，超过了英国和法国一年的数量。

对此，北京城市管理学会副秘书长刘欣葵解释说，城市化的大跃进是建筑垃圾激增的主要原因。

"随着城市化的推进，建筑垃圾的产生是必然现象。"刘欣葵告诉记者，"但问题是，是否一定要以这么高的建筑垃圾产出量作为发展的代价？"

在一份由北京工业大学材料科学与工程学院副院长崔素萍撰写的《北京市建筑垃圾处置现状与资源化》报告中，记者发现，因老旧城区拆迁和市政工程动迁产生的建筑垃圾约占建筑垃圾总量的 75% 以上，而因意外原因造成建筑坍塌以及建筑装潢产生的建筑垃圾约占总量的 25%。

根据行业标准，不同的来源直接关系到建筑垃圾的产生量。以每万平方米计算，建造这么大面积的房屋将产生 500 吨~600 吨垃圾，如果拆除同样面积的旧建筑，垃圾产生量就将增至 13 倍以上，高达 7000 吨~1.2 万吨。

刘欣葵指出，很多老旧城区的建筑并未到达 50 年的标准使用寿命，可以通过内部改造的方式完成城市化所需的功能置换。"在技术上 100% 可以做到，但在现实中很难实现。"刘欣葵说。

哈尔滨工业大学建筑学院的周立军教授对此深有感触。他的研究团队用了1年时间为一条历史街区设计改造方案，可以"不伤一兵一卒"地将住宅区转化为商业区。但最终，他们的方案在开发商的手里夭折，历史街区变成了商业街。

"只剩下一堵花了几百万元保留下的古墙，他们说这代表了对街区的保护。"周立军回忆，"其他的都没有留下。其实，本可以什么都留下的。"

"留下的是无人问津的建筑垃圾山！"高世扬愤怒地展示他拍到的照片：被随意倾倒的碎砖石堆成了小山，就像一座刚刚遭遇了地震袭击的城市。

在一次实地勘探的过程中，高世扬遇到了某电视台的摄制组。他们打算拍摄地震中救人的场面，就把拍摄地点选在了垃圾场。

如果按照建筑垃圾的产生量计算，北京每年都像是发生过一场大地震。1995年的日本神户大地震产生建筑垃圾1850万吨，1999年的台湾地区大地震产生建筑垃圾2000万吨，唯一"无法比拟"的是产生了1.7亿吨建筑垃圾的汶川特大地震。

"再加上广州、上海，就差不了多少了吧！"高世扬开了个小玩笑，但随即绷紧了面孔，"其实，这都是灾难。"

5个人和4000万吨建筑垃圾的战斗

偷运建筑垃圾是秦伟的工作。

白天，他和工地的工头们谈好价格，"看运距远近，一车200元，熟人便宜20元"。一入夜，他那辆花4万元买的二手卡车就会奔驰在五环路上，往返于工地和填埋场之间。所谓的填埋场都是当地村民承包的，消纳程序很简单，"倒进坑里就得了"。顺利的话，秦伟一夜能倒3车。

早在2004年，北京市市政管理委员会就颁布了《关于加强城乡生活垃圾和建筑垃圾管理工作的通知》。通知要求建筑垃圾的产生单位，要到工地所在区的渣土管理部门办理渣土消纳手续，并申报车辆，在规定的时间内按照指定的路线把渣土运输到指定的消纳场，然后进行填埋等处理。

但在调查中，高世扬发现，北京市垃圾渣土管理处渣土办公室只有 5 名工作人员——"这是 5 个人和 4000 万吨建筑垃圾的战斗啊，怎么打得赢？"

一个包工头曾向北京建筑工程学院的陈家珑教授透露过该行业的潜规则。由于承载力有限，北京市指定的 20 多家正规消纳场也不愿意消纳建筑垃圾，但由于"上面规定大工地一定要与指定消纳场签署合同"，所以双方私下达成了默契，"合同照签，但是消纳场只收很少的消纳费，交换条件就是工地自行消纳"。

一条黑色的建筑垃圾消纳链就此形成。陈家珑很保守地估计，大约 90% 以上的建筑垃圾都没有通过正规渠道消纳。连秦伟都觉得垃圾真多。他告诉记者，现在"很多坑都要排号等着"，甚至那些填埋场都不再填埋，而是雇车将这些建筑垃圾运到更远的地方。

"这些建筑垃圾，就像定时炸弹一样。"曾经主持过"首都环境建设规划项目"的刘欣葵表达了她的担心。

由于缺乏有效分类，建筑垃圾中的建筑用胶、涂料和油漆不仅难以降解，还含有有害的重金属元素，长埋地下会造成地下水的污染，还会破坏土壤结构，造成地表沉降。

而最大的风险在于其占用了大量土地。根据陈家珑的计算，每万吨建筑废物占地 2.5 亩。未来 20 年，中国的建筑垃圾增长会进入高峰期，将直接加剧城市化过程中的人地冲突。

"城市化是一个外扩的过程，有朝一日，当我们需要在填埋过建筑垃圾的土地上进行建设的时候，建筑成本将大大提高。"北京建筑工程学院副总工程师刘航认为。如果缺乏规划，被填埋的建筑垃圾根本无法作为地基使用，还要面临建筑垃圾再转移的问题。

锦绣江山就要变成垃圾山

当徐福生还在琢磨回收建筑垃圾是否赚钱的时候，吴建民已经开始进行建筑垃圾再生利用项目的研发了。根据现有技术，95%以上的建筑垃圾都可以通过技术手段循环利用。

2003年，做沙石生意起家的吴建民投资6000万元人民币，建成了北京市首家建筑垃圾处理厂，并建成了年消化100万吨建筑垃圾的生产线。

让吴建民措手不及的是，原料来源成了最大的问题。由于厂子建在六环外，很少有人愿意承担过高的运费，而更习惯将建筑垃圾就近填埋。如果自主承担运费，赔得就更多了。

7年来，吴建民已亏损上千万元，工厂也已经停产。如今，唯一能让他感到"未来还有希望"的事情，就是《新闻联播》还在宣传循环经济。

据说，全国类似的建筑垃圾处理企业还有20多家，大部分都面临困境。韩国、日本的建筑垃圾资源化率高达90%以上，而我国的建筑垃圾资源化率还不到5%。

另一组数据是，目前我国每年产生的建筑垃圾约为3亿吨，而50年到100年后，这一数字将增至26亿吨。

令陈家珑难忘的是，当得知韩国推行《建设废弃物再生促进法》的消息时，一位专家和他开玩笑："再不强制推行建筑垃圾资源化，这三千里锦绣江山就要变成三千里垃圾山了。"

刘欣葵教授则告诉记者，在北京的城市规划体系中，建筑垃圾的消纳成本并没有被纳入城市运行成本。"建房是住建委的事儿，而建筑垃圾却是市政市容委的事儿，分管的市长都不一样。"

"其实，正确的路我们走过，只是忘记了。"在调研过程中，高世扬发现，1978年以前，在城市建设过程中拆下的城砖由规划局分配，首先要拨给有建设需要的单位进行再利用。

那时候，它们被称为拆除旧料，而不是建筑垃圾。高世扬坚持认为，是1988 年土地市场的成立，让建筑垃圾变成了市政市容问题，土地开发则成为城市发展的重心。

"建筑垃圾就是钱的问题！"徐福生扳着手指头计算着，"能生钱的就要重视，不能生钱的当然没人管了。"

再过两个月，徐福生就又要搬家了。他现在住的地方被划入了"50 个即将拆迁的城中村"范围。这也意味着，他生意的旺季又要来了。只是这次，徐福生有点喜忧参半。

"再撵就有点远了，废品的运费又该提高了。"

（摘自《读者》2010 年第 15 期）

悲怆

李汉荣

黑色的白昼

5月12日，2时28分，我还在午睡，睡梦里天空敞亮，大地温柔。忽然，客厅里妻子大声喊：快，快，地震了，我跳下床，却站不稳，楼房剧烈摇晃，我脑子一片空白，一片空白里，有一个闪念却如强烈的闪电穿透了无意识黑夜：死，此时我就要死了。楼房还在剧烈摇晃，宇宙在颠簸，天地在战抖，死在迅速降临。妻子拉着我跑进卫生间，死神追进卫生间，楼还在摇晃，宇宙在塌方，天地在断裂，我被死神搂着，随命运的摇晃而摇晃。

死的闪电此时照亮了意识的原野，镜头快速闪回：我想起女儿，她在学校，没事吧？我想起老母，她在故乡，没事吧？我想起妹妹，她在外地，没事吧？我想起妻子，哦，她在我身边，她有事，她在摇晃，按照命运的幅度，被死神搂着，在摇晃。

我惊恐地等待着恐惧着那最后的坍塌、瞬间的埋葬，我摇晃着看了妻子一眼，最后的一眼。

摇晃终于放慢了，死，停止了作案；命运重新变得一本正经，返回他不可动摇的座位。我与妻子终于站稳，心一时放下，没事，高楼没塌，我们没事，女儿、亲友们大约也没事吧。于是我们拨手机，不停地，向一个个号码问安，向一个个地址问安。

然而，电话打不通，线路全都堵塞，此刻，大地上拥挤着多少快要爆炸的心脏。我毕竟没事，还活着，死神毕竟放弃了我，不再搂着我摇晃了。

那摇晃的三分钟，多么恐怖，那是末日的前奏，地狱的前门，我感到宇宙挟带着永恒的黑夜正向我压过来，一粒微尘就要被吞没。

然而我没事，死神冷酷的眼睛与我对视了片刻，最后放弃了我。

然而，然而我很快想到，很可能，我的祖国出事了，我的同胞出事了。

然而，我还没有想到，我的同胞出大事了。

就在那摇晃的三分钟，短短的三分钟，有多少命运塌方，有多少生命碎裂，有多少青春陨灭……

泪水漫过大地

接下来的每一天都是哭泣的日子，以泪洗面的日子。

不忍看那场景，又忍不住看那场景。

我不认识他们，也许一生都难得与他们有一面之缘。

然而，我竟然看见了他们，这是死神安排的见面，残忍的命运，我为什么看见的都是这样的他们？

仍是鲜花开放的时节，为什么我看见的却是凋零的花瓣，折断的残枝？仍是鸟雀啼鸣的正午，为什么我听见的却是破碎的音符，凄惨的呜咽？

我看见僵硬冷漠的命运巨石，砸向一双双小手，他们还没来得及向人生打完一个完整的手势。

我看见突如其来的狰狞黑夜，吞没了那正在眺望母爱、眺望友爱、眺望情爱的露珠般的眼睛。

我看见他们刚刚开始起程，却突然，突然，遭遇死神劫路。

我看见那些本来就在最底层的人们，压在了最黑最深的最底层。

我看见……

我泪流满面，我肝肠滴血。

然而我无法推开那滚来的巨石，无法撑起那塌陷的天空，我只能一次次恶毒地诅咒命运。残忍的命运，你为什么要这样对待他们？

我不认识他们。但我相信会在一个幸运的时刻认识他们，他们是我的川爷爷，川婆婆，川叔叔，川妈妈，川哥哥，川妹妹，川侄子，川侄女……

他们都有着火辣辣的性格，火辣辣的心肠，我品味麻辣川味的时候，我已经结识了他们，喜欢上了他们，爱上了他们。

我的父老乡亲，我的兄弟姐妹，为什么，必须由死神安排我们这唯一的却是最后的见面？

为什么我看见你们的时候，竟是真正看不见你们的时候？

为什么啊为什么？

此刻，我看见多少眸子决堤，多少草木垂泪。

祖国在哭，山河在哭。

泪眼里的祖国，是如此悲伤而仁慈，她流着泪拯救她的每一个遇难的儿女。

泪眼里的人民，大难唤醒了心中的大爱，此时都没有杂念，没有私欲，内心里海潮般汹涌的，只有超越血缘超越利益超越恩怨的同胞至爱、人类大爱。

祖国的河流，因此变咸了，世界的海滩上，将陡然增加太多的盐。

这是世上的盐中之盐，是透明的水晶之盐，千吨万吨，颗颗粒粒，都由泪水结晶，都由爱提炼。

此时，我们变得如此纯洁而深刻，命运残忍的一课，让我们彻悟了生命之脆弱，功名利禄之虚妄，也让我们洞悉了哲学教授和伦理学者无法说清的很多道理，此时，我们都知道，我们生而为人，我们暂居人世，我们最该看重和珍爱的究竟是什么。

泪水漫过的大地，是如此沉静、浑厚和庄严，仿佛有神走过，仿佛聆听到天启。此时，有泪流淌的地方，都是最深的海，都在结晶盐……

我诅咒命运，我心疼孩子们

我仍然要诅咒命运，你，你，你竟下得了手啊。

从今再不能说"感谢命运"这样轻薄的话了，即使命运通过让你受苦最终成全你当上了富翁、大款、大腕，当上了成功人士，甚至当上了国王总统，你仍然不能说"感谢命运"的话。

对于我，我永远都不会说"感谢命运"这句话。

即使命运成全我获得了诺贝尔奖，我也不感谢命运。

我认为这是一句小人得志的话，是一句自私的话，以前说说还可以，得志的人自私的人，不让他说他会憋出病来，但是，从今而后，再不能随便说这句话了，这是一句昏话。你感谢命运，命运成全了你，但是，你知道命运在一个黑色的日子，都做了些什么?

滔天之灾，撼地之痛，锥心之伤，都是这瞎眼的命运造成。

来，把命运押来，看看你做了些什么。

来，把命运押来，我要你听，我要开庭——

那正在歌唱的天真的童声，你突然将他们封喉，被礼赞的花木葳蕤的初夏骤然结冰；

那正在朗诵的唐诗，突然中断，正午的太阳瞬间熄灭，鲜活的情感和意境，被你压进历史最黑的断层；

那正在起草的情书，被你一把撕碎，最纯真的情思还没来得及倾吐，就从此陨灭；

那刚刚打开的课本，就被你，被不识字的命运，一拳击碎。物理不再叙述复杂的原理，它停留在死亡的段落；化学不再试验元素的组合，它停留在死亡的段落；地理不再唠叨地质的构成，它停留在死亡的段落了；

那正在填写的模拟试卷，不同的题目，你，恶毒的命运，你却残忍强加了相同的答案，你把死亡的黑色印章粗暴地盖在青春的纸页上；

那牙牙学语的儿童，还没有学会"生命"二字的发音，你就剥夺了他们的生命；那学前班的小孩，还正在练习"人生"二字的笔画，你就终止了他们的人生；

那嫩藕般的小手，刚刚学会向母亲招手、向老师敬礼的小手，就被你碾碎了；那专注的紧握着的笔，还没有写完一个感恩的句子，还没有写好那个心爱的名字，就被你收走了；千万吨钢筋水泥，压在一颗颗柔软的心上；僵硬冷漠的命运巨石，压在青春的身上……

命运啊，你残忍的命运，这就是你做的，你看看你做了些什么，你看得下去么？你竟下得了手啊。

你如此残忍，你没有德行，你没有资格做命运，却偏偏就做了命运。

如果我是贪官，你让我死，我就去死；如果我是恶棍，你让我死，我就去死；如果我是市侩，你让我死，我就去死；如果我已经129岁了，再过一会儿就要死了，你让我死，我就去死。然而，他们还是孩子啊，知道吗，是孩子，是拉着母亲衣襟学步的年纪，是对着星空发誓的年纪，是向飞鸟招手向白云约会的年纪，是站在山顶眺望爱情的年纪。

你，命运，你，你把他们都毁了。

"5·12"之后的许多时刻，谄媚是有罪的，得意是有罪的，贪婪是有罪的，自私是有罪的，冷漠是有罪的，淫荡是有罪的，轻狂是有罪的，浅薄是有罪的，为官而不廉是有罪的，为长而不尊是有罪的，为子而不孝是有罪的，为富而不仁是有罪的，为文而无德是有罪的，为人而不善是有罪的，贪污腐败盗窃赌博破坏生态和心态，无疑都是有罪的。

这么惨烈的苦难和牺牲，若不能净化和升华我们的心灵，那么，孩子们就白死了。那么，命运就该在行凶之后又来嘲笑我们了。

"5·12"之后，我不愿意再听见谁说"感谢命运"，命运对某个人再好再宠爱，又怎能抵消他的大恶大罪。

这样残忍的命运，你也要感谢？他给你一点好处，你就得意忘形，得意忘痛——压在我们记忆深处的重创剧痛？我诅咒命运，审判命运，无奈，命运是一个又聋又瞎的家伙。我在审判，我在取证，我在辩论，我在旁听，最后我发现：

命运缺席，这就是说，被告缺席，原告也缺席，律师也缺席，唯一在场的只是我的灵魂。我此番审判的是命运，受教育被震撼的却是我的灵魂。

是的，是灵魂，我们的灵魂，人的灵魂。

但愿这大难大痛，能唤醒并铸造我们的大悲大爱。

我想，苦难升华了的灵魂，才能安抚受伤的母亲，才能重建破碎的天空，也才有可能追上那过早远行的孩子们的灵魂，他们的灵魂是纯净的，是伤痛的，巨大的苦难在瞬间把无辜的生命压缩成令宇宙动容、令万物心碎的悲壮灵魂，如果我们的灵魂矮小且惯于匍匐在物质的尘埃里，我们注定追不上他们的灵魂，甚至，我们根本就找不到他们的灵魂。

那是多么单薄、多么孤单、多么疼痛的灵魂，又是多么纯真、多么鲜活、多么高贵的灵魂。我想带上整整一个太平洋的眼泪和深爱，去看望你们；我想带上你们一次次仰望的白云，去擦干你们心头的血。孩子们，这个世界对不起你们，对不起你们……

孩子们，也许天堂里不会有地震，不会有塌方，不会有飞来横祸。

　　在那里，在天上，宁静的星光，浩瀚的银河，将永恒地缭绕和覆盖你们纯真的灵魂。被我诅咒和审判的命运，也在拷打和教育我的灵魂。我知道，环绕我们的物质篱笆是如此脆弱易碎，生命如瓷瓶般不堪一击，若不锻造一颗宝石一样坚韧高贵的灵魂，在永恒的漫漫天路上我们何以远行？若不怀揣"沧海月明珠有泪，蓝田日暖玉生烟"的至情至爱，在无情的宇宙荒原上，我们将何以面对最后的时刻？我们又何以追上你们那渐行渐远的灵魂？啊，那单薄的，纯真的，还没有丝毫准备就匆忙远行的伤痛的灵魂。我的孩子们的灵魂……

（摘自《读者》2008 年第 13 期）

民众的钱袋何时鼓起来

周政华

21 岁的王永松在取款机里，看到了上个月的工资额，1520 元。正当他把钱揣进钱包时，一辆宝马车从路边呼啸而过，泥水溅了他一身。

作为广东南海一家汽车零部件公司的员工，从 2009 年 5 月进入工厂的第一天起，学生时代的无忧无虑就一去不复返了，"钱挣得太少"成了王永松的心病。

起初，他还一直想不明白，为什么他站在流水线旁辛辛苦苦干活，工资涨幅却总赶不上物价上涨的幅度。

渐渐地，一种对现实的无力感取代了最初的愤怒。现在，王永松没有选择地成为流水线上一颗有血有肉的螺丝钉。王永松并不知道，一个叫作收入分配改革的政策即将出台，旨在提高像他一样的人的收入。

王永松是地地道道的农家子弟，家在广东湛江郊区。1999 年，10 岁的王永松，第一次被父亲带到广州大伯家走亲戚。王永松感受到了当公务员的大伯和在老家种田的父亲之间的巨大差别，城乡差别的印象深深地烙在了王永松的心头。

从那时起，王永松开始明白父亲为何从小教育他"好好读书，以后上大学进城坐办公室"。

城乡天壤之别，早在王永松父亲那一代人中就已经存在。在改革开放后出现了短暂的缩小之后，到了王永松这一代，又进一步扩大了。到了 2009 年，农民 3 年的收入才赶得上城镇居民一年的收入。

2009 年，王永松也走上打工路，进入广东南海一家汽车零部件厂，成了流水线上的小工。

在珠三角，王永松这样的制造业工人的年平均工资不超过 3 万元，而王永松堂哥参加工作第一年，其所在的证券公司仅年终奖就发了 9 万多元，总收入是王永松的 6 倍多。

改革开放之初，中国各行业间收入水平最高是最低的 1.8 倍。据人力资源和社会保障部统计，2009 年，电力、电信、金融、保险、烟草等行业职工以不到 8% 的职工人数，占全国职工工资总额的 55%，高于社会平均工资 10 倍左右。

据国家统计局统计，2009 年城镇居民年人均收入，上海市已经比最低的青海省高出两倍多。

不同人群之间收入分配的差距逐渐增大。

"我是一个彻底的无产者。"工作才一年多的王永松拍拍口袋说，"我一分钱存款也没有。"

王永松只是中国众多"无产者"的一分子。中国改革基金会国民经济研究所副所长王小鲁，根据其 2004 年进行的一项涉及几个省市的银行储蓄存款分布调查数据推算，前 20% 的储户占有银行存款的 86%，而其余 80% 的储户只占有剩余的 14%。

中国在改革开放前的计划经济体制中，国民收入分配的差距一直没有过大。收入分配的急剧变化，首先来自20世纪90年代的国企改革。由于对数量庞大、效率低下的国企实施"减员增效"，近千万国企职工下岗，低收入阶层人数激增。而在之前，迅速致富的个体户的出现，以及伴随着国企改革中大批中小国企被出售而涌现出来的收入激增的民营企业家，使得贫富对比一时间凸现了出来。

而后，地区发展的不均衡，以及在城市化过程中农民没真正得享土地增值收益等因素，使得国民收入分配差距进一步拉大。

差距这么大，钱都到哪里去了？

这是王永松一直想不明白的问题。王所在的广东南海区狮山镇有2600多家企业，2009年生产了总价值超过千亿元的产品，为当地上缴了近30亿元的税，但是像王永松这样的打工仔，一年的收入通常不到3万元。在王永松的记忆中，税收增长似乎与自己关系并不大。现实中，政府税收和民众收入呈现出此消彼长的关系。

国家统计局新近发布的一组数据：2010年上半年，财政收入同比增长27.6%（预计全年将超过8万亿元），国内生产总值同比增长11.1%，城镇居民人均收入同比增长10.2%。耶鲁大学金融学教授陈志武发现，1951年时，我国民间的消费占当年GDP的68%，政府的消费仅为GDP的16.5%；而到了2007年，民间的消费降到了GDP的37.5%，政府的消费则上升到了GDP的28%。

2010年5月，作为代表工人利益的机构，中华全国总工会（以下简称全总）发布调研结果称，从1983年到2005年，我国居民劳动报酬占GDP的比重下降了20%。在过去的5年中，全国近1/4的工人没有涨过工资。无论是从中央规划，还是民众的关注度看，收入分配改革越来越紧迫。

如何提高劳动报酬？温家宝在收入分配改革会议上透露了政府的改革思路——"建立企业职工工资正常增长机制和支付保障机制，加强国家对企业工资的调控和指导，全面推行劳动合同制度和工资集体协商制度，确保工资按时足额发放"。

"收入分配改革的路径早就明确了。"国家发改委社会发展研究所所长杨宜勇说，"关键是如何落实。"

广东省早在 1994 年就已经建立最低工资制度。截至 2010 年，已累计 9 次上调了最低工资标准，目前为 1030 元/月，这一水平相当于 2009 年广州市人均月收入的 1/3 左右。按照国际惯例，最低工资应相当于当地人均实际收入的 40%左右。

廉价劳动力是中国制造业的优势之一，无论是工资集体协商还是最低工资制度终将提升工资水平，对廉价劳动力"优势"构成威胁。这对于以招商引资为第一要务的地方政府来说，无疑矛盾重重。

作为国民收入二次分配的重要突破口，完善垄断企业资本收益的收缴和使用办法，合理分配国有和国有控股企业利润，预计也将写入收入分配改革方案。

中国改革基金会国民经济研究所副所长王小鲁认为，长期以来，垄断国企的税后利润没有全民共享，国企利润和国家资源分配的不规范、不透明也成为收入差距扩大的因素之一。目前，红利上缴制度仅覆盖部分国企。国资委的统计数据显示，截至 2009 年年底，纳入中央国有资本经营预算编制范围的中央企业，其资产总额占全国国有企业资产总额的 55%。金融企业和铁路、交通、教育、文化、科技、农业等部门所属中央企业，均未纳入中央国有资本经营预算试行范围，也没有上缴红利。

作为二次分配调节的另一个主要工具，个税改革也因目前个人财产收入不透明而裹足不前。

个人所得税是 1994 年税制改革以来收入增长最为强劲的税种之一，据国家税务总局统计，2008 年全国个人所得税总收入为 3697 亿元，其中来自工薪阶层的贡献有 1849 亿元。个人所得税一度被质疑是"劫贫济富"，高收入不仅没有有效纳入征收范围，原来狭小的中产阶层反而成了调控的主要对象，对收入分配起到"逆调节"作用。

个税改革自 2003 年被提上政府议事日程，便确立了实现"综合与分类"相结合征收的目标，即个税征收在现行分类征收基础上，逐步引入综合征收模式，将工薪所得、劳务报酬所得、财产所得等收入综合征收。但由于个人财产收入不透明等诸多原因，个税改革迟迟难以推进。

2010 年以来，6 次易稿的《关于加强收入分配调节的指导意见及实施细则》频频被提及，旨在让中国人的钱袋鼓起来的这个计划，被各方认为有望在年内出台。

很显然，提高居民收入的计划，不应只停留在居民的工资性增长上，还要释放那些因为权利被束缚而没有释放出来的公民财富；与政府职能改革、转变增长方式、释放公民权利在内的方案几乎一样重要的是，只有政府紧缩、企业让利，并腾挪出可贵的财产权利天地，中国居民的钱袋才能真正丰盈起来、厚实起来。

（摘自《读者》2010 年第 20 期）

谁来赡养父母

徐 妍　米艾尼　张 静

每一代人都有自己的烦恼和幸福。对于中国人来讲,老龄化时代的到来使养老问题成为大多数国民都需要面对的问题,或者为父母,或者为自己。

在这个转型期里,各种因素层层叠加,给不同的人带来各自的挑战。对于正在步入晚年或者刚刚进入晚年的这一代父母来讲,已经没有过去那样多的家庭成员为他们提供赡养支持。

在现阶段,幸福、健康、富裕、可持续的家庭仍是大多数中国老人晚年的归宿。从这个层面来说,让中国人更富裕,几乎是解决目前养老问题的唯一途径。

要把爸妈接到北京吗

一般认为,45~60 岁为老年前期或初老期,60 岁进入老年期。根据

《2009年度中国老龄事业发展统计公报》，2009年，全国60岁及以上老年人口达到1.6714亿，占总人口的12.5%。其中，80岁以上老年人口达到1899万。

家住北京的林晓虹自从春节后送走母亲，一直在盘算母亲养老的事情。今年母亲正好60岁，白内障越来越严重。她记得那天母亲蹒跚着走进火车车厢门，抬起头左右看了片刻，才看清自己车厢的方向。

前几年父亲突然去世，母亲曾安慰女儿：他走得早不给你们夫妻增加负担。可是眼前，母亲自己又该何去何从？

家庭年收入16万元的林晓虹夫妇有车有房。刚刚习惯有孩子的生活，她突然发现自己开始为赡养老人发愁。首先就是把父母接到北京后住哪里？他们家80多平方米的住宅无法容纳两家3位老人。

类似的烦恼不只困扰着33岁的林晓虹，还包括她年过四十的上司以及"80后"的下属们。

那天从火车站回来，林晓虹到后半夜才睡着。现在把老太太接到北京，似乎还不是难事。她可以和孩子住一个房间。不过等孩子过两年上小学时，这么安排就有些困难了。由自己的母亲，她想到了丈夫张斌的父母。公公血压不太正常，婆婆有肩周炎等职业病，他们早晚也要来北京吧。春天的时候，林晓虹和张斌讨论了几次这个问题。他们决定先在北京找适合老年人居住的地方。"开始就没打算住城里。"张斌说。

在位于北京六环外的燕郊，房价春天时每平方米就已超过了万元。两三年的次新房视面积不同，在7000到8000元之间。这样，适合两口人居住的建筑面积60平方米的房子要40万到50万元。"不能再小了，不然周末带着孩子去，都没地方待。"林晓虹说。

9月，北京秋季房展又开幕。一项调查说，参展的三环内新楼盘每平方米均价在3万元左右，郊区楼盘基本在1.5万元左右。虽然比春季展会中郊区楼盘2万元以上的均价来说下降不少，但对林晓虹一家来说仍是个不小的数字。在她看来，能买得起给父母居住的只有远郊的房。不过他们没有把看房结果告诉父母。"不忍心。"张斌说，楼盘附近都是大片荒地、树林，开车十几分钟才有比较像样的小型超市。至于医院等设施，就更别提了。

张斌的父母退休后有近 5000 元的退休金，如果他们在 70 岁前不生大病，每月把部分养老金存起来，到 70 岁会有差不多 30 万元。"他们算是把我们都安排好了，开始为自己攒钱了。"

与父母拥有稳定的养老保障不同，林晓虹夫妇现在就需要给自己攒养老钱。"多少钱才够？我们也不知道。但现在的情况是，一要保孩子，二要保老人，然后看自己还剩多少钱。"

根据《北京市 2008 年老年人口信息和老龄事业发展状况报告》，2008 年年底，按 15~59 岁劳动年龄人口抚养 60 岁及以上人口计算，北京市老年抚养系数为 24.3，少儿抚养系数为 12.4，总抚养系数为 36.7。这意味着，每 100 个劳动力需要赡养 36.7 名老人和孩子。而在上海，仅老年抚养系数就达到 32.6。

在中国的二三线城市，除住房外，一般家庭经历过孩子上大学、结婚等耗费后，已经很难有 20 万元积蓄。

对于林晓虹来讲，生活已经不太轻松。"现在不少东西都涨价。"其实以他们的收入已很难察觉到蔬菜、粮食价格的上涨，但林晓虹仍然觉得必须支出项目在最近几年增长了至少三四成。"我现在很怕孩子长大，上学要更多的钱，买衣服要更多的钱，他的生活用品也需要更多的钱。"她估计，孩子每长大 5 岁，年支出就要增加 50% 以上，"如果把父母都接到北京，生活就达到天花板了。一旦出现风吹草动，比如短暂失业，一家老小六七口人就全完蛋了"。

林晓虹现在还不敢想两家父母来北京后的医疗和其他生活开支问题。"当然，把北京的房子卖了，然后拿着钱回老家，什么都能解决。可是，谁能那么轻易地离开呢？"她说。

不可能完成的任务

"中国原来一直是家庭养老。但是随着社会的发展，父母对养老的质量要求越来越高，他们有自己的养老需求。同时，家里子女数量却在减少。在这种情况下，家庭养老弱化，提高社会养老水平成了一个基本潮流。"中国人民大学社会与人口学院副院长姚远说。

改革开放以前，经济保障水平比较低，国家将建立养老退休金制度作为社会养老的基本目标。20 世纪 80 年代以来，随着养老保险制度的逐步建立，过去现收现付的制度开始转变为社会统筹和个人账户相结合。

"现收现付制度是现在的年轻人来赡养老年人。但是改革所实行的基金积累制，是一个人从工作开始自己积累，到老了返还养老金供他养活自己，这种改革能大大减少政府的负担。"姚远分析说。

第一代独生子女的父母正是过渡期的典型：他们在工作时处于老的制度下，没有为自己进行积累；进入晚年后，又无法享受原有制度的保障。这一人群的范围，至少还涉及上下 10 年内的父母们。

对于拥有近 2 亿老人的中国，目前恐怕无法完全转变为社会养老。而未来老人数量会更大，我们国家的社会承受能力和经济实力还没有达到这么高的水平。

目前的养老模式中最大的两个问题，一是养老费用的问题，二是抚养人的问题。现在对养老金需求这么高，但是钱不够，很多地方面临社保基金支付危机，因为资金入口相对固定。因此家庭养老的基础不可动摇，把养老完全推给社会是不可能完成的任务。

从这一角度讲，只有子女自己承担起全部赡养父母的义务。

借鉴国外经验

美国养老机构有很多层次，有社区养老院、私人开的高级养老院，还有服务于贫困人群的养老院等等，各种人群都能得到照顾。另外，几乎每个社区都有一些针对老年人的服务设施，比如社区食堂。在美国普通的社区食堂，老年人每天中午吃饭只交 1 美元，饭后还可以带走一个面包当晚餐。这些食堂大部分是当地慈善机构和非政府组织赞助的。

还有一些国家实行了比较完善的养老保险和制度，他们既有全面的法规政策，还有一些针对老年人的专项法规，比如，有关养老的经济法规、有关老年人精神文化需求的法规，英国还有一个法规鼓励老年人走出家门去工作，政府给奖金。

一些国家的社会养老模式是政府主导、社会参与，甚至可以说是以社会参与为主要力量，由政府批准和统一监管。

在中国，传统家庭伦理模式已经发生断层，解决养老问题不光是钱的问题，体制、观念等等都要综合考虑。

（摘自《读者》2011 年第 2 期）

请让我来相信你
赵菲菲

信，还是不信？这是个问题。

今天，"不相信"的情绪已然渗透进许多中国人的生活：吃饭不相信食品的安全性，出行不相信铁路部门解决买票难问题的能力和诚意，上医院不相信医生的职业操守，打官司不相信司法会保持公正……

有人说，幸福感源自相信。而当怀疑一切成为整个人群的集体意识时，中国人与幸福的距离该有多远？

一

不相信其实未见得比盲目相信更糟糕，怀疑有时候是一种进步，说明信息渠道多了，社会开放程度增大了。但我们的问题是爱走极端，现实是别人干不出来的我们干得出来，别人想不出来的我们也干得出来。一旦相信，我们就热血沸腾，全国串联、亩产十万斤、儿子打倒老子、老婆跟老公划清界限；不相信则心如死灰，豆腐不吃了、国产奶粉不喝了、老人家倒地也不扶了。

如今，怀疑和警惕已经成为中国人的生活方式，因为匪夷所思的事情不断发生。住，我们有楼倒倒、楼脆脆、楼歪歪、楼薄薄；吃，我们得小心假烟、假酒、假鸡蛋、假牛奶、地沟油、人造脂肪、美过容的大米、药水泡大的豆芽、避孕药喂肥的王八、洗衣粉炸出的油条；出门，我们要提防推销的、碰瓷的、钓鱼（执法）的；上医院，我们担心假药、无照行医、被过度治疗；此外，我们还要面对假票、假证、假中奖、金融诈骗、假新闻等。

面对如此炎凉世态只能茫然自问：我们究竟应该相信谁？

武汉洪山区"钉子户"童贻鸿选择了首都警察。在武汉他被指控扔砖头伤人，因为不信任当地警方，自己花1000多块钱坐飞机到北京朝阳区双井派出所自首。而浙江乐清"上访村官"钱云会被工程车轧死一案，乐清警方第一时间发布微博澄清案情，但数万条跟帖绝大部分都抨击警方撒谎，人们不相信钱云会之死的背后没有打击报复。同样，在有媒体爆出八成火锅为"化学锅底"后，中国烹饪协会立即辟谣，但网民并不买账，并"人肉"出协会相关部门主要负责人乃是某知名火锅企业老板。

一时之间，"阴谋论"风行中国互联网。有时候，往往越是被官方或专家澄清的，反而越遭到网民的质疑。

二

需要焦虑和担心的或许不只是政府官员。今天的中国，让我们"不相信"的土壤几乎随处可见且相当肥沃。

"绿豆治百病"的张悟本之所以能大行其道，最初就是被中国中医研究院下属的产业部门聘为养生食疗专家，开讲座，上电视，卖产品，利益共享。作家谢朝平因自费出版纪实文学作品《大迁徙》而遭遇陕西渭南警方跨省拘押，后者在敲开谢朝平租住房前自称"人口普查的"，后来谢被取保候审。

怪事多发，就见怪不怪了。每件奇闻都会引来人群的围观和议论，但很快就被新奇闻的热闹所取代。我们是能屈能伸、知足常乐的民族，吃饱肚子就一团和气。鲁迅说过："我们都不太有记性。这也难怪，人生苦痛的事太多了……记性好的，大概都被厚重的苦痛压死了；只有记性坏的，适者生存，还能欣然活着。"但真相没有弹性，而且刺目、扎手、揪心。

纵观中国历史，我们不仅出产残缺的身体——太监和小脚女人，也出产残缺的精神——奴性。鲁迅在《华盖集》中说，中国的尊孔、学儒、读经、复古，是为知道"怎样敷衍、偷生、献媚、弄权、自私，然而能够假借大义，窃取美名"。

这是一种无奈的选择。美国人类学家罗伯特·路威认为，有好些事情，因为我们做了某一群体的分子，就非做不可，这和真假对错没有关系。皇帝什么也没穿，但大家都夸他的新衣服漂亮。罪魁固然是别有用心的骗子和愚蠢虚荣的主子，但鼓掌叫好的大众也并非无辜。个人相对于体制是渺小的，但体制又由每一个人构成。于是，正如陈凯歌指出的，站起来控诉的多，跪下来忏悔的少。

我们活着，而且确实"欣然"。任何可悲可恨的事情都可以用笑骂的形式变成娱乐甚至狂欢——只要没发生在自己身上。我们在挖掘黑色幽默方面体现出无穷无尽的聪明才智，比如"蒜你狠""豆你玩""糖高宗""姜你军"和"床前明月光，我爸是李刚"；我们编出《救助老人安全宝典》，我们在《阿凡达》里看到野蛮拆迁……

三

我们活在两个世界。现实中，我们不相信一切陌生人，我们明哲保身，安安稳稳做沉默的大多数；家家都安防盗门，低层住户都装防盗网；我们不敢让小孩自己上下学，即使学校门口有警察维持治安；我们对陌生人充满警惕，人口普查员遭遇入户难。虚拟世界里，网络是那件神奇的衣服，把大家全变成了蜘蛛侠。现实到了网络就完全调了个儿：发言者陷入沉默，沉默者开始发言；权贵默默退后，草民成了主角。

所以，一些人说，现在的人很虚伪。这种虚伪甚至渗入我们的教育。百度百科有个词条"伪文章"，指的是不惜通过虚构事实来表现真善美的小品文。其煽情和编造手段之虚假严重到令人发指的地步，代表作就是入选小学语文教材的《一面五星红旗》。写的是一位中国留学生在国外漂流遇险后，宁愿忍饥挨饿，也不肯用国旗换面包，最后晕倒在地，赢得外国友人的尊重和友情的故事。对儿童进行爱国主义教育没问题，关键在于以什么方式进行这种教育。当"伪文章"充斥教科书，虚伪就不仅变得可以接受，而且成了准则。

从某种角度讲，许多人的虚伪不是虚伪，而是"务实"，是我们多少年来在理论与实际、语言与行动、书本与生活、理想与现实的巨大反差中总结出来的"智慧"和生存之道。比如，我们从小就被灌输尊老爱幼、助人为乐是中华民族的传统美德，但老人当街摔倒我们不敢扶，因为有"彭宇"们好心帮助老人反而被讹的前车之鉴。这不等于说满大街的老年人都准备讹人，相反，绝大多数人都是善良的。但疑虑是一种心魔，一旦迅速传播就很难治愈。

普遍的强大的疑虑已经成为社会的"精神疾病"。假的我们不信，真的我们也不信。当"77元廉租房"引发的愤怒被证明是一起谣言时，我们也会陷入迷惘：除了自己，我们到底还能相信谁？

也许只能相信小孩子。北京一名11岁的小学生去年在老师的帮助下做了一个简单的食品安全测试，发现他随机选择的14种鲜蘑菇中有13种经过漂白处理。而北京市政府食品安全办公室进行的调查称，北京市场上销售的蘑菇97%未检出漂白剂，可以安全食用。一个是小学生的随机调查，一个是政府部门的"权威发布"，你该相信谁？1100多人参与进行的网络调查显示，绝大部分人相信小学生的检测结果，只有8个人说他们对政府部门的检测有信心。

不只普通人相信小孩子，一些地方有关部门也在公开或半公开地表达着自己对于成年人的不信任。甘肃省武威市凉州区2009年7月在全区公检法系统竞职笔试中，聘请当地18位少先队员来监考，结果抓出25个作弊的。公检法的责任是维持社会正义，他们自己内部的公平却要未成年人来监督。

四

对陌生人的不信任只是当前"不信任文化"最末端的表现。新加坡国立大学东亚研究所所长郑永年在《不信任砌成中国墙》一文中说，中国没有"柏林墙"，但由高强度的"不信任"砌成的"社会墙"却存在于社会各个群体和各个角色之间，在资本和人民之间，在穷人和富人之间……不一而足。

信任是人与人交往、合作的基础。无论夫妻关系还是官民关系，没有信任就只剩下彼此哄骗，自欺欺人。像那个段子形容的：官员们哄百姓开心作作秀，下级哄上级开心做做假，丈夫哄老婆开心做做饭，自己哄自己开心做做梦……哄来哄去的结果，就是鲁迅说的比真的做戏还要坏的"普遍的做戏"，也是严复所说的"华风之弊，八字尽之。始作于伪，终于无耻"。

纵观近年来的网络热点事件，资深网友黎明如是总结：只要是涉官、涉权的都会出现这个规律：不信——不信——就是不信，老百姓已经变成了"老不信"。黎明认为，解决这场"国民不相信运动"的办法就是政府退出"经济竞争"，不与民争利，更不夺民之利，不作为纠纷或迷案中的利益方出现。

周国平在北京大学做过一次演讲，题目叫"中国人缺少什么"。他认为，中国传统文化的严重弱点是重实用价值而轻精神价值。中国人缺少的不是物质文明，而是精神文明，即真正的灵魂生活和广义的宗教精神，所以没有敬畏之心，没有自律。几十年来的经验证明，财富未必能带来尊严，物质文明和精神文明也不成正比。飞奔在致富的道路上，我们更是成了彻底的"唯物主义者"，上帝、马克思、老天爷和十八层地狱都既不能让我们敬，也不能让我们怕。当下的游戏规则就是不要规则，不懂这个道理的就是阿甘，或者堂吉诃德，只能等着被淘汰。

最近一项面对上海市民的调查显示，有超过90%的人认为诚实守信会在不同程度上吃亏。但是，中国有句老话，吃亏是福。西人也说，被骗也比骗人强。历史告诉我们，判断事物的标准往往并不在当下。检验真理的标准是实践，更是时间。违背常识的情况无论多么普遍多么强大都不可能长久。今天的什么都不信和几十年前的盲目相信是一枚硬币的正反面。信任不是单纯的道德问题，还关系到一个国家的生死存亡。

（摘自《读者》2011年第9期）

"飞特族"
——我打工，故我在

浩 富

"爱做就做，爱玩就玩，自由自在，不用老是要看老板脸色"，如果有这样一种工作那该多惬意。甬说，不怕做不到，就怕想不到。近年来在北京、广州、南京等地就出现了这样一批边玩边干活的年轻人，他们有个很洋味的名字——"飞特族"。

过自己想过的生活

"飞特族"的英文名字叫 Freeter，Freeter 是一个混合词，来自英语的 free（自由）和德语的 arbeiter（工人），指的是那些连续从事兼职工作不满 5 年的年轻人。日本官方对"飞特族"的定义是：年龄在 15~34 岁之间，没有固定职业，从事非全日临时性工作的年轻人。

在日本和台湾地区，它是当前非常风行的工作方式，根据统计，日本

15~34 岁的"飞特族",从 1990 年的 183 万人,至 2001 年已增至 417 万人,可见,在这个年龄层,每 9 位就有一位是"飞特族"。台湾地区的年轻人哈日成风,约有 51% 的大学毕业生成为"飞特族"。

Freeter 代表的是一种自由的工作方式。"飞特族"往往只在需要钱的时候去挣钱,从事的是一些弹性很大的短期工作。钱挣够了,就休息,或出门旅游,或在家赋闲。

在中关村某 IT 企业做项目主管的 Landy 就是典型的"飞特族",今年刚刚 31 岁的他至今已经换过 5 次工作。不久前他刚刚离开了那家公司。"我在这个公司做得算长了,两年,也攒了近 20 万,现在我打算休息半年,拿出一半的钱去旅游,先去趟日本,然后再去欧洲几个国家转一转。"

享受"飞特"生活的徐岚自己开了一家小店。花了 800 块钱租下了十字街上的二室一厅,装修布置没有花太多的钱,灯罩请学国画的朋友手绘,饰品由她自己编织,再托朋友从尼泊尔和韩国以低价代理些首饰,一间颇有格调的精品店就开张了。小店是自己的,便没有关门的压力,徐岚坚持每天睡到自然醒,慢条斯理地绕江散步,然后懒懒地打开门做生意。每隔两个月,徐岚总会"关门大吉",坐上列车硬座,到宁静的小城隐居,比如西塘,比如长岛。只要食可果腹,徐岚就绝不为生计奔波,或游山玩水,或无为度日。

从不担心"丢工作"

长期以来,人们找工作追求的是职位稳定,环境相对轻松,就是所谓的"铁饭碗"。君不见,公务员待遇不错,职位稳定,工作环境轻松,所以近年来公务员报考人数激增,出现千军万马过独木桥的现象。找工作难是目前社会令人关注的问题,一旦有了工作,人们常常不敢得罪领导,千方百计要保住,唯恐失去。可对于"飞特族"来说,这样的情况却不存在。

"飞特族"多数也是大公司或比较有规模的企业或单位的一员，正常工作的时候，和普通的全职上班族状态相同，甚至工作时更加卖力。所不同的是，他们从不担心"丢工作"。往往在某个岗位上工作一段时间后，就主动提出离开，甚至为了享受一个"悠长假期"，不惜得罪老板。当然，最主要的是他们每次找工作都不费劲，支撑这种"自由"的本钱是实力，也就是说有真才实学作为保障。

管小姐毕业于沪上名牌大学，刚毕业，没费周折就被一家大型的外资企业看中，成为正式员工。虽然工作的环境和待遇都不错，但管小姐总觉得自己的生活中少了些什么。难道这样朝九晚五的职场生活就是她为之奋斗的目标？她的自身价值究竟在哪里？这些问题一直困扰着她，这样的生活让她厌倦。于是，在工作满5年后，凭着自己丰富的工作经验和各方面的积累，她选择了辞职做起了自由自在的"飞特族"。接下来的这段日子，管小姐对自己的职业有了一番全新的体验：通过一些朋友介绍，她成为某些报刊的专栏写手，为了提高自己的竞争能力和含金量，她不断地找机会充电，每周保持在三次以上。她希望自己能不断地补充养分，尽量快地吸收最新的信息，及时跟上社会发展的节奏。

自由，没有什么可以阻止

"飞特族"的出现，主要是因为年轻人开始有不同的工作价值观，越来越追求自由自在的生活。现在的年轻人崇尚自由，他们喜欢随意，喜欢轻松，喜欢新鲜，更喜欢个性。这些喜欢，不仅仅体现在日常的生活中，同样还体现在职场这个时尚的舞台上。他们可以是外表鲜亮、本质清纯的"邻家女孩"，也可以是衣着简单、内心思虑缜密的职场老手，还可以是看近不看远、每个月把钱花光的"月光族"，更可以是精打细算的小女人。如今，他们又不求长久性的正当职业，只想自由打工，追求自主空间，不希望受"朝九晚五"的工作拘束，他们为生活而挣钱，却从不为挣钱生活着。这一切，都在他们的随性中变换自如，自由的理念在他们身上得到充分发挥和利用。

"飞特族"——想说爱你不容易

与全职上班族相比，半休闲式的"飞特族"看起来似乎很吸引人，但也有人对这一现象感到担忧。

据了解，在日本，政府部门就曾对外宣布，"飞特族"如果放任不管，数十年后，15岁以上的人口中，两个人中就有一个会不工作，国家的竞争力也将有所下降。而且，同年代的人，在"飞特族"与正式员工之间，将出现收入上的鸿沟。

北京社科院人力资源专家林教授分析，"飞特族"做事是为了休息，而不是想要另一份更好的工作，表现为"两个极端"：一是没有明确的职业发展目标，从事简单职业，随时准备离开；二是为追求更大的发展空间，在工作和休息之间做一个合理的平衡，利用"飞特"带来的时间上的弹性，为自己重新出发作出更好的心理上和实际上的准备。

社会上对"飞特族"类似的忧虑和异议并不少见。人们普遍认为，"飞特族"无法累积工作资历与专长，尤其在年过30岁之后，要找到好的工作不容易。"飞特族"如果靠着时薪工作，要养活自己还算容易，但是靠打工的时薪，要养下一代就很困难。"飞特族"现象，将使晚婚、不婚情况更为严重，养老的社会成本，也将会成为国家沉重的负担，并侵蚀国力。更有人断言，看似自由无拘束的"飞特族"，多半没有足够应付社会变迁的能力，最后将会因年轻时追求一时的快乐，老年时就必须付出孤寂与贫苦的代价。

"飞特族"造就职场新人类

对于社会上的异议，"飞特族"自己却不这么看。朱小姐原在国企工作。国企工作最大的特点就是稳定，但这却不是她想要的。所以，在工作了4个年头后，她最终还是选择了自由的工作方式。休息了半年后，她把自己的精神状态调节到最佳点，其间，还为一些企业做过几个项目策划。之后，她在一个私人广告公司待了半年。2001年，她到了一家有一定规模的室内装潢公司担任项目经理。工作一年后又离开了，休息了3个月。后来，应聘在某家杂志社做广告总监。这个工作很自由，虽然压力也很大，但符合她的性格，相对来说，这是她做得比较长的一个工作，大概有一年半左右。现在，朱小姐又回到休息状态。父母对她的现状和工作方式有很大的看法和异议。但她很清楚，如何把你每一份的短暂变成你的资本和积累，并让这种资本变成你将来永恒的基础，这是很关键的。在做每一份工作的时候，她都是非常认真、尽责。而且，在不断变换工作的过程中，她的人际关系网在不断地扩大，知识面也在不断地丰富，为以后的求职提供了很多的便利。对于将来，朱小姐以为，现在是市场经济，社会的发展非常快，将来的事谁也说不清，只要现在是充实的、快乐的。她对自己现在的工作形式和生活方式非常满意。

美国著名职业顾问威廉·布里奇在《新工作潮》中指出："不久的将来，世界上有一半的人每天要工作12个小时，而另一半的人将没有工作。"威廉·布里奇预言：未来的公司不需要固定的岗位和固定的员工，而是一个松散的"自由人联合体"，当某个工作程序、某个季节性岗位需要人时，就临时聘用一些专业人才，签订几周或者几个月的劳动合同。现在出现"飞特族"，在很大程度上也是因为我们社会和一些企业形成的新的用人机制。"终身雇用"也许有一天会被全部打破。"飞特族"也预示了未来全职工作会越来越少，"一生从事一份职业"的工作形态可能要退出历史舞台，工作将不再是对人的一种制约，人们也不再渴求一份终身工作去换取一份稳定感。恩格斯论述共产主义的特征时曾经说过，"在那里，每个人的自由发展是一切人的自由发展的条件"。因此，"飞特族"有可能就是未来职场新人类。

无论是物质还是精神，人最核心的追求，都是在丰富人生。"飞特族"最实际的意义在于，要让每一份的付出都变成有效的收获。"飞特族"追求的就是超值人生的境界。

让自己的职业谱系五彩斑斓，而不是一种颜色走到底。年轻人，有什么不可以？

（摘自《读者》2007 年第 7 期）

"奔奔族"：网络、成名与个性

李丽虹　宋兴川

2006 年，一个题为《奔奔族——中国社会压力最大、最水深火热的族群》的帖子，引爆了各大网站论坛和社区。文中指出："奔奔族"既是"当前中国社会最重要的青春力量"，又是"中国社会压力最大的族群"。他们身处于房价高、车价高、医疗费高的"三高时代"。"奔奔族"一词，源于他们"一路号叫着不停地奔跑在事业的道路上"的状态。

特殊的网络族群

作为当今社会最时髦的族群，"奔奔族"与曾经引领时尚的"布波族"有明显的差异。"布波族"是布尔乔亚和波希米亚这两种性质完全不同、甚至相互冲突的社会阶层的矛盾综合体，他们既讲究物质层面的精致化享乐，又极力标榜生活方式的自由不羁与浪漫主义。"奔奔族"则是指那些为实现自己的人生理想而处于奔波、奔忙状态的年轻一族。与功成名就的"布波族"相比，"奔奔族"率真坦诚、不拘传统、蔑视权威、独立思考、个性张扬。他们对"布波族"的所谓小资情调嗤之以鼻，追求休闲和适合自己的生活方式，穿着打扮不追求所谓名牌，而是"只买对的，不买贵的"。对于"布波族"身着名牌、讲究情调与格调的生活方式，"奔奔族"认为那只是一种面具化的生活。

更为重要的是，"奔奔族"是因为网络而出现的族群，又是网络中最大的族群。他们通过网络交友、谈恋爱，并通过网络获得名气和财富。网络在他们生活中占据着重要的位置，他们自诩"为网络而生"。

掀起网络致富狂潮

"奔奔族"出现在网络盛行的年代。他们借助互联网，奉行"低成本创业"。一台电脑、一个人、一根上网线，就是他们互联网创业所需的全部投入。他们利用网络的"草根"优势，有的依靠创意和激情在三四年的时间里完成了资本积累，如戴志康、李想、邓迪、高燃等一大批年轻的网络富豪；有的依靠网络恶搞而迅速蹿红，如芙蓉姐姐、天仙妹妹、后舍男孩等一批网络名流，他们利用网络恶搞，无视他人的"笑骂"，"只要混个脸熟，赚足人气，'银子'就会有人送上门来"。

随着社会上一夜成名、一夜暴富的现象越来越多，"奔奔族"一夜成名的愿望空前强烈。他们认为，网络是公平的，不管你是富家公子还是平民百姓，只要你狂放张扬、特立独行，你便能功成名就。这是一种典型的先成名后获利的成功模式。不少"奔奔族"特立独行的目的就是想成为媒体关注的焦点。

"奔奔族"毫不讳言个人一夜成名的野心和一夜暴富的梦想。媒体评价他们"只要不触犯法律，就会以十二分的热情去创造财富"。所以，网络成就红人的频率，从刚开始的每年一两人，到后来的两三个月一人，最后发展到现在的一月数人。在网络成名不断提速的背后，我们看到的不再是那种仅限于对内心、对观念的表达，更多涌现的是"奔奔族"无限的物质渴望。

注重现实的享乐

绝大多数"奔奔族"是独生子女。他们认为"物质享乐是人生自然的选择"。在讥讽"布波族"小资生活的同时，"奔奔族"却不愿因金钱的缺乏而让享受打折扣：舒适的住房、奢华的婚礼、品牌汽车也是他们追求的目标。

多数"奔奔族"来自普通家庭，因不愿做"啃老族"而成为"奔奔族"。虽然，通过信用卡、银行按揭等理财方式，"奔奔族"能够提前享受体面的物质生活，但不少人却因此成为"房奴""卡奴""月光族"。超前消费的代价是拼命加班、身兼数职，以及为保持竞争优势而不断地充电学习；追求物质享乐的代价是透支健康，导致亚健康状态甚至"过劳死"。为此，"奔奔族"不得不在压力的夹缝中学会享受生活，自驾游、拓展训练等一些高消费的休闲方式成为许多"奔奔族"的最爱。

对于许多"奔奔族"女孩，"干得好不如嫁得好"成了她们追求物质享受的捷径。有的女孩为了加强自身的竞争力，甚至不惜花大把的钱整容。"现实比较不美丽，嫁个有钱的老公胜过自己十年的奔波"是时下不少"奔奔族"女孩的想法。

以自我为中心

"I am what I am！"是"奔奔族"奉行的信条。"奔奔族"多数人自视甚高、背弃传统、藐视权威、追求个性解放，恶搞、叛逆、张扬便成为他们利用博客展示自我、彰显自我的主旋律。一大批"奔奔族"的领军人物的座右铭，更是把这种张扬自我表达得酣畅淋漓。

"勤俭节约""艰苦奋斗""无私奉献"等传统的美德，在"奔奔族"人生辞典里成了墨守成规的同义词。"我的地盘我做主"是"奔奔族"的口头禅；"我行我酷"是他们的行事法则；按自己的方式生活，"快乐是生活之本"是他们的追求；失恋、血拼、旅游计划都可能成为他们辞职的理由；不受各种条条框框的限制，在网络上肆无忌惮地宣泄、恶搞……想做就做，想说就说；冒险和刺激是他们的兴趣、爱好之所在；责任、规则对他们来说没有"开心""好玩""喜欢"重要。

对待婚姻和家庭，很多"奔奔族"都缺乏承担责任的勇气和耐心；对待孩子，有的"奔奔族"心甘情愿地做不要孩子的"丁克"族，有的即便是做了父母却没有真正进入父母的角色。其原因一方面是忙于生活的奔波没有足够的精力；另一方面是喜欢自由自在的生活，不愿意承担家庭的责任。

"张扬"与"另类"的背后

对于"奔奔族"现象，有人说："不过是网络上一次热闹的概念炒作而已，是'奔奔族'矫情的自怜自慰。"虽然这个词产生于网络，但是它能够盛行于网络，是因为几乎每一个看到这个词的青年都可以从中找到自己的影子。不能否认，扩大到现实社会中，这个词真实地反映了生于 20 世纪 70 年代后期这一代人的群体生存状态。在理想、家庭、事业、人生发展的重要阶段，他们却身处前所未有的变革时代，经历着高考、住房、医疗制度的改革。在诸多社会压力下，历史赋予他们更多的社会责任，从而让他们面临更多的挑战，承受更大的压力。

也有人说"'奔奔族'信仰缺失、精神沙漠化、中国传统文化缺失，是精神迷茫的一代"。的确，从他们的文字中，我们看到的不再是那种仅限于对内心观念的表达，涌现更多的是他们对物质无限的渴望。然而在责备他们的同时，也应该看到他们这代人自出生之日便站在奔跑的起跑线上，自幼儿园起的各种补习班到大学里的考证热是多数"奔奔族"的成长经历；在价值观形成之时，高速发展的信息技术为他们接触多元文化和价值观念提供了便利的条件。在激烈竞争的环境中，在不断奔跑的人生道路上，"奔奔族"无暇思考和反省。社会在为青年一代创造更加富足的物质条件的同时，更有责任为他们营造一个健康向上的精神世界。

还有人说"'奔奔族'是被宠坏的一代"。与其父辈们相比，"奔奔族"无疑是幸福的；与"又红又专"千军万马挤高考独木桥的上代人相比，"奔奔族"也有更多成功的模式和发展的方向。但是在呵护中茁壮成长的同时，他们也背负着父辈们太多的期望。当我们劝他们在社会转型时期自强自立的时候，要承认他们正以其独特的方式体验社会、实践人生，正以不同以往的新鲜的青春活力影响着我们的社会。

"少年智则国智……少年强则国强……少年进步则国进步。""奔奔族"作为最具时代代表性的一代人，最终必然担负起社会中坚力量的重任，因此全社会不能单纯地以"张扬""另类""自我膨胀"来评价他们的"一路奔跑，一路号叫"，而是有必要以历史的责任感，理性地看待他们、积极地引导他们、耐心地关爱他们。

（摘自《读者》2007 年第 12 期）

疯狂粉丝的背后

潇雨 刘贤

娱乐业的粉丝时代

"车行天下，晋级成功。" 2007 年 4 月 6 日上午 11 时，北京中关村某大厦门口，忽然聚集了数十名青年男女，一同高呼此口号，引来路人围观。据称，这群青年男女是来自粉丝网红粉团车缙俱乐部的粉丝。

"支持一个人是一件很幸福的事情，虽然参加'红选'的选手都很优秀，但是我们都觉得他很适合这个角色。""我们能为他做的只有这么多，希望他走得更远。"粉丝这么对记者说。为了让更多的路人注意到他们，粉丝们还拿出自己掏腰包买的小礼物派送。

以上，是北京电视台《红楼梦中人》选秀活动中一个很常见的场景。近年各类选秀活动越来越多，选手之间的较量也成为粉丝与粉丝的较量。

有观察家指出，如今娱乐业已经由"星时代"到"粉丝时代"，粉丝的力量无穷大，不仅是简单的崇拜与追星，他们以自己的意志和情感"造星"，并以自己的方式推动娱乐个性化时代的来临。当粉丝喊出"就要你最红"，就一定能立竿见影选出自己的偶像，让其大红大紫。

2006年从《加油！好男儿》节目中脱颖而出的最新人气明星马天宇，在其粉丝团"羽毛"的强力支援下，由于网络投票和手机短信投票均居前列，从而一举夺得"2006年中国·全球王者之星"第一名，并因此获得"2006年中国·全球粉帝"等7项第一名。

一项媒体联合调查结果称，目前中国粉丝的数量超过两亿人。"粉丝"已替代"追星族"，而成为所有人、事、物的迷恋者、狂热者、喜爱者、支持者的统一代名词，成为狂热迷一族的最强代名词。

"粉丝"，已然成为一种无孔不入的现象。正如西方一位文化批评家所言，人类正面临着一个渴望更新的世界，在这个世界上价值观念的尺度已完全改变——这个"渴望更新的世界"，因为人类的生活和渴望，不仅每日是新的，而且，也不断涌现出新的文化。伴随着当今娱乐时代产生的"粉丝"群体出现的，越来越引起人们重视的"粉丝文化"就是这样一种新文化。

犹记得2005年《超级女声》总决选，一位年逾八旬的"玉米"到台上献花并热烈拥抱李宇春的情景。这位铁杆老"玉米"是在家人的一路护送下乘飞机赶赴现场的。超级粉丝的超级疯狂，由此可见一斑。

一位诗人曾这样解释"粉丝"，"把fans（狂热者，爱好者——编者注）译成'粉丝'，这个名字取得好。如只译作'粉'，可能有歧义，不好；加上'丝'，体现了有一群人，很贴切。'粉丝'主要是崇拜，或者说是狂热的崇拜。其特征是：着迷，冲动，不理智，甚至有点歇斯底里。这样的现象主要出现在某个年龄段的人群中，是社会活跃开放的一种表现，不要去苛求"。

粉丝秀的背后

无论健康、极端，还是疯狂，粉丝文化受到公众的广泛承认并迅速蔓延。

2006年8月，中国大百科全书出版社出版的《中国中学生百科全书》面世。其中《成长充电器》一册里，专辟"流行追星"一章，收录了25个词条，每个词条有两三百字的解释。后援会、海选、粉丝、模仿秀、青春偶像剧等也被收录其中。书中还选录了偶像崇拜文化、偶像神化、偶像崇拜原因、偶像崇拜综合征等，这些词条多是用来解释、说明追星现象的。

这或许意味着，"粉丝文化"开始通过教育的通道，走上中国文化的"正文"。

事实上，真正应该担心的还有另外一个问题，那就是各种选秀活动中越来越猖獗的"粉丝秀"，即各个媒体开始关注的所谓"职业粉丝"现象。

2007年3月31日《环球人物》的报道说：台上选手谈笑风生，台下"粉丝"则服装统一，加油助威，他们会为了选手的一次情绪波动而微笑、哭泣……中国人突然被"粉丝"的疯狂举动镇住了。但如果你真以为这些选手魅力无边到让人一见钟情，那就大错特错！他们从素不相识的面孔一夜之间成了"万人迷"，全仰仗"职业粉丝"。据调查，"职粉"大多来自13~25岁之间的年轻人，身强力壮，有饱满的精力，洪亮的嗓门，热爱"粉丝"职业。他们接受的训练，就是揣好某个明星的照片，认准模样以后，在他每次公开亮相的时候，忘我投入外加歇斯底里地呼喊对方的名字。而"职粉"也有自己的等级，最普通一级就是举举海报、喊喊名字，为选手造势、造人气。中级"职粉"就有技术含量了：他们前仆后继地去热门网站发帖子，为选手制作个人网页、博客，拉高人气。顶级的"职粉"，甚至能与选手和主办方保持紧密联系，指挥"粉丝"、组织拉票、制作宣传品、与其他选手的

"粉丝"团合纵连横。

当然，活儿不能白干，视每个人参与的次数和现场表现打赏钱银不等。当曲终人散之际，职业粉丝们擦干眼泪，润润喉咙，带着兴奋后的疲惫，从顶级"职粉"那里领薪水。

如果说，"职业粉丝"也是泛娱乐时代应运而生的一种谋生手段，它在经济层面是无可厚非的，凭汗水、凭泪水、凭气力吃饭，没什么不妥。但毕竟，"职粉"以金钱打破了开蒙时期粉丝文化的纯粹度，似乎有违娱乐精神的初衷。

更为糟糕的是，"粉头"浮出水面，让职业粉丝现象变得七荤八素，错综迷离。

南京某媒体报道：26岁的小柳是当地一家花艺礼品设计公司职员，两个月来，她每天是这样过的：白天在专门的粉丝网"灌水"，不停地顶帖之后再去某排行榜投票，将偶像冲到顶位；晚上进入QQ群聊，接受"高层"任务，策划活动拉新"粉"入会。这都是因为，两个月前她由"玉米"变成了"仙后"。从那天开始，她踏进了一个圈钱的陷阱。

"仙后"，是韩国大红大紫的男子组合东方神起的粉丝团名称。在这个小型仙后团，她结识了一个名叫"爱大米"的"粉头"。"爱大米"自称有很熟的朋友在韩国，认识东方神起所属经纪公司韩国SM公司的工作人员，因此有很多内幕消息以及与偶像贴身的机会。2006年12月底，"爱大米"告诉小柳，2007年2月东方神起即将来北京、上海开演唱会，其中北京演唱会门票至少近千元，而"爱大米"称能够通过朋友搞到内部票，至少便宜200元左右，但要先交200元的押金、1000元活动经费。小柳在1月初将1200元交到了"爱大米"的手上，跟她一同交的还有约10个"仙后"。但是，之后没两天，小柳从网上得到消息，东方神起北京演唱会取消了，上海演唱会也日期不明。她赶紧联系"爱大米"，"爱大米"先说这是假新闻，之后被证明消息属实后，"爱大米"又改口说，钱已经花出去了，如果演唱会取消，也只能退还 200 元的门票押金，其他钱都不退，全部留作会费。之后，再联系"爱大米"，手机一直处于关机状态。

采访中，一位资深"职粉"透露，"粉头"携款潜逃已经算不得新闻。现在的粉丝团职业化程度非常高，到了让小的经纪公司瞠目结舌的程度，就是因为背后有可观的经济利益。他说，职业"粉头"的基本收入都在每月 2000 元以上。一个团队高层一换人，会费等资金都会不了了之。

很多人对越来越职业的"粉丝精神"表示担忧，也有粉丝开始反思自己的"职粉"身份。一位曾经沉迷超女拉票的粉丝对记者说："我们的痴情只会变成商家和高层捞钱的筹码。偶像说一句'支持我'，我们就蠢蠢欲动，却不知道后台是谁在数钱数到手软！"

（摘自《读者》2007 年第 16 期）

全球化中的中国利益
郑作时

世界是平的

《世界是平的》一书作者托马斯·弗里德曼认为，在哥伦布发现地球是圆的之后，现在我们正面临一个轮回：世界变平了，互联网和 IT 技术把圆形的地球拉平了。因为互联网和 IT 技术的出现，世界变得没有了差异。

世界变平了吗？至少对中国来说，看起来很像。

进入 21 世纪之后，发展中的中国热浪滚滚。全球化、资本大规模进入、证券热、人民币汇率重估，当入世为全世界打开了中国的大门之后，中国开始变得炙手可热了。中国市场正在与世界接轨，中国公司一个接一个地被全球财团并购，手握重权的各国政要纷至沓来，连全球金融大鳄索罗斯都连连声称要住到上海来。

作为一个后进国家和一个在工业化刚刚初步完成就遇上信息化浪潮的国家，中国是幸运的。这个文明古国在衰落了一百多年后，在她快速迈开追赶的步伐时，正好碰上了工业革命之后的又一次技术浪潮，在信息化浪潮中，中国在一些领域的落后反而成为优势。比如说中国可以直接用光纤组成自己的通信骨干网，而不必像很多西方国家一样痛苦地废弃以铜芯线为主体的通信网。更为重要的是，由于互联网的出现，机会的分配开始出现均等的趋势，只要有互联网的地方就有可能接触最先进的产品和理念。这使这个拥有全球最多人口的国家在其现代化进程中呈现出格外多的商机，有谁愿意放弃一个在 13 亿人口的市场上开拓的机会？

于是在中国彻底打开国门之后，"全球化"一下子充斥了中国人的视野。头一天还在美国某次会议上讨论的一个创业模式，第二天在中国就会有试图依葫芦画瓢实践的创业者。为什么要这样做？很简单，因为这是一个全球化的年代，我们必须抓住每一个稍纵即逝的机会。沿着这样的方向去做，可以得到风险投资，可以在纽约或者伦敦的证券交易所上市——一句话，抓住了这样的机会就意味着成功。看看互联网行业吧，有多少照抄美国模式的 IT 人拼命造势、一夜成名，成了哪怕是烧光了风险投资也有名的英雄。上市是最终的目的，而成名则是一个副产品。成了名，再创业也就容易了。

在这个逻辑下，世界真的变平了。对于中国的创业者来说，因为你面对的是一个特别大的市场，你只要有模式和名声，资金完全不是问题。问题只在于你有没有海归的经历，能否得到风险投资的青睐。

另一方面，中国要成为世界工厂更是成了主流的声音。中国有什么理由不成为世界的工厂？这个国家有大量的农村人口，他们需要进入城市来享受现代文明，让他们在工厂里找到工作是一个双赢的过程。他们实现了就业，世界则从这些源源不断的廉价劳动力身上得到了更便宜的中国产品。

反思中国的全球化

越来越多的中国农民进入了城市，中国的出口产品数量也迅速增加，整个国家经济快速繁荣。这一切，在很大程度上得益于经济全球化。然而，有一个问题值得我们深思：在经济全球化浪潮中，我们进行不懈的努力，我们付出了很多，但得到的结果，我们非常满意吗？我们仅仅是在为中国越来越多的外汇储备而奋斗吗？是在为一套我们仅在深夜才回来睡觉的大房子和一辆在大城市速度比自行车快不了多少的豪华车而奋斗吗？或许我们还获得了一些自豪感，因为中国已经可以出口世界上最多的衬衫和鞋子，终于可以换回来一些高价的瑞士手表、德国菜刀还有运算速度更快一些的美国电脑？须知我们付出的，是中国几乎所有大城市的已经受到污染的空气、大量再也不能饮用的水源。甚至在付出了这些代价之后我们辛苦制造出来的衣服和鞋子，在国外却引来失业的抗议和焚烧的火焰！

经济全球化的趋势不可遏止，但有些问题的确应该引起我们的重视。

重要的前提

已经有经济学家提出，现在流行的全球化概念，对中国来说有一个极不公平又非常重要的前提，那就是在全球化要求的经济要素流动中，有一个要素是不能流动的，那就是人口。中国在全球范围内的比较优势是劳动力资源丰富，换句话说，就是我们的工资低。所谓的"中国因素"就是建立在这个基础上的。同时，重视教育的传统使西方现代文明一经普及，就被中国人所学习和热爱。因此中国现在拥有了最大数量经过现代教育的劳动人口。但人口是不能任意流动的，西方国家拥有选择权，把签证发给他们需要的人，轻而易举就完成了教育资源与财富积累的跨国转移。

不仅如此，经济学上的要素流动还包括西方的资本可以自由地流动到中国，这些资本可以自由地选择对在中国这个大市场中已经占有优势地位的企业进行并购。在资本面前，决策者几乎很少能有不屈服的。在中国著名的公司中，我们已经可以列出一大批被跨国公司并购的名单。就连不愿意屈服的如饮料企业娃哈哈创始人宗庆后，跨国公司达能都可拿出中国的法律使他处于两难境地。资本的威力，由此可见一斑。

世界是平的吗？是平的。但从这里我们可以看出的是，对于中国而言，世界变平的前提是中国大部分人将生活在终日的奔波、无尽的劳作和污染的环境之中。而我们辛苦劳作的成果，有相当部分随着西方高昂的能源和原材料价格、跨国公司在中国的投资和中国富人迁移到国外而流失。

"低价"的困境

对于中国这样一个农业人口还占到一半以上的国家来说，全球化是一个双赢的局面。中国转移了农业人口，而世界得到了更为便宜的商品。但从目前的情况来看，全球化在中国形成这样一个副产品：我们生产了太多的廉价的低技术含量的产品，在生产过程中破坏了自己的城乡环境。

也许钢铁行业的例子最容易让我们看清中国现在面临的困境。

现在中国有了大批钢铁企业，创造了全球数一数二的产能。但是这些令人自豪的产能数字给中国带来的，并不是什么值得自豪的财富。相反，它们给中国带来的，是全球三大铁矿石公司对钢铁原材料的集体涨价。而当这些中国企业买进了高价的原料后，它们生产出的产品却因为是初级产品而连提一句涨价的勇气都没有。无论是民营的还是国有的钢铁企业，都只能寄希望于压缩成本和增加技术含量来消化上升的成本。但增加技术含量又谈何容易，最简单的，无非是一而再、再而三地降低生产成本。

这是一个不易走出的困境。在经济全球化的过程中，规则早已由发达国家制定完毕：技术应由专利决定，中国作为后进国家是一个付出代价者；利润由资本构成决定，中国因为金融体制上的落后还要继续付出代价；现代法律体系已经成形，中国法律也将沿着差不多的道路前行。

在全球化过程中，中国分散的企业在面对垄断的西方上游原料企业和下游零售企业时，完全处于被动接受的地位。在这种情况下，人们发现低价、更低的价格成为中国企业追求的唯一目标。

片面追求低价的赢利使追求技术进步在中国成了一种不经济的企业行为，因为有巨大的劳动力后备军和农村家庭急于通过工业化致富。

但是中国毕竟已经掌握了相当一批产品在全球最低成本的制造能力。不管是鞋子、衬衫还是钢铁，世界对中国产品已经形成了依赖。对于中国来说，重要的是如何利用这种依赖，为中国争取更多的利益，也为本行业争取可持续发展的可能性。

寻找提升的机会

作为一个国家，中国需要怎样的全球化？

在经济全球化的框架下，企业是经营者。政府对商业行为的干涉必须在商业规则许可的范围内，必须遵守商业的规则。因此中国社会传统的政府力量，在这个领域无法起到应有的作用。而在计划经济体制下生长起来的中国行业协会，无法起到行业协会应有的作用。

从根本上来说，没有一个西方国家敢于说它不需要中国的低价衬衫和鞋子。但是现在的"中国低价"无疑低过了头，它透支了中国的环境、土地和人力，仅仅使中国企业的老板获得了利润，却失去了中国通过全球化提升的机会。

全球化是大势。但在不同的体制下，全球化会结出不同的果实。如何通过全球化的进程学习发达国家的经验，改革并完善相应的制度，为保障人民的生活和国家利益承担责任，应该也是政府应尽的义务。

中国的改革开放，只有在中国制造能为这个国家带来真正的利益，而不只是接连攀升的外汇储备时，才能拿到过关的钥匙。

(摘自《读者》2007 年第 18 期)

我们在证明

钱文忠

2008 年的 5 月 12 日，川有巨灾，国有大殇。

新中国成立以来危害程度最大、伤害范围最广的汶川特大地震，自从发生的那一刻起，牵住了普天下中华儿女的心，而且也成了全世界所有善良人们的关注焦点。

地震发生至今已经有将近一周的时间了。这是怎样的一周啊？时间只能以小时、以分、以秒计算，人们再也不能以平常的长短节奏来感觉昼夜和生活。时间过得太快吗？可是，每一秒都悠长得仿佛是几个世纪。时间走得太慢吗？可是，每一天又都短暂得仿佛是朝露闪电。

一切都改变了，一切都聚合了。每个中国人，从地震撼动了大半个中国起，就已经不再仅仅是一个单独的个体了。每个中国人的心中，都装进了成千上万的别人；每个中国人的身上，都背负起了成千上万的他者。此刻，除了那些不配被称作"人"的以外，没有哪个中国人是只为自己活着的。

　　汶川地震震塌了无数的房屋，甚至使河流改道、山岭合移。然而，地震的巨大力量同时也在刹那之间将十几亿的人口夯实成一个伟大的存在，那就是"中国人"！

　　灾难并没有过去，救援仍在继续。死亡与生存的数字，在地震的那一刻都被归零，而如今都在交替上升。

　　如此多的生命在瞬间消失了。人们在哀悼和震惊之余，首先体认到的就是"生命"的可贵。生命，只有生命，才是最高的价值。灾区军民每一个挽救生命的努力，都在揭示着这条真理。灾区每一位活下来的人，都是当之无愧的英雄！

　　在这漫长而短暂的一段时间里，我相信，在中国人耳边回荡的最强音就是"生命"二字！我们的党和国家领导人一再地强调，救人是第一位的，救人是重中之重。其着眼点都只有一个，那就是拯救人的生命；关键词都只有一个，那就是"生命"！正是为了"生命"，我们决不轻言放弃；正是为了"生命"，我们拼命坚持。在人的生命面前，其他的都只能是身外之物；只要生命在，就能够创造出失去了的财产。生命在，希望就在。

　　为了生命，我们不惜代价。即便我们知道，随着时间的推移，找到幸存者的概率越来越小；即便我们知道，被埋时间越长的人，抢救出来后的生存概率也越小，但是，我们依然不放弃，我们依然拼命努力。也正因如此，汶川地震中出现了很多生命的奇迹。医学理论上关于被埋人员的生存极限不断地受到挑战，不断地被突破。假如不是以"生命"为最高价值，会有那么多的"奇迹"出现吗？

　　在"生命"的旗帜下，中华民族的精神焕然彰显。地震发生的那一刻，我正在日本参加一项重要的活动。但是，通过网络，我即刻就了解到及时而详细的灾情。信息发布的及时、公开和透明，是这次抗震救灾的又一个亮点，国际社会对此也给予了高度的评价。这不仅实实在在地保障了人民的知情权，最大限度地杜绝了不必要的猜测和慌乱，以最快速度将人民凝聚起来，更重要的是，由此政府和人民之间在第一时间就建立起了牢固的信任纽带。面对突如其来的巨大灾难，中国向国际社会明确无误地表达了足够的自信心：中国人民在灾难面前绝不会退缩，中国人民有能力应对一切困难。在全球化进程日益加快的今天，地球已经成了一个"村"，我们都是生活在这个村庄里的地球人。及时、公开和透明的信息也大大有助于国际社会判断灾情，最快最好地向中国伸出援助之手。奋斗在灾区第一线的外国救援队充分证明了这一点，他们的奉献是每一个中国人都不会忘记的。

从社会文化学的角度看，中国人似乎存在着集体行动迟缓、纪律涣散、勇于言而怯于行等等这样或那样的"毛病"。然而，"奇迹"再次出现。汶川地震的消息一传开，中国人仿佛在顷刻之间改变了，那些所谓的"毛病"顿时消失了。在党和政府坚强有力、明确及时的指挥下，中国展示了巨大的社会动员力量，中国人以令国际社会惊叹的速度迅速集结起来了，举止坚决快速，行动果断有力。有钱的出钱，有力的出力，有物资的出物资，一切为了灾区。

不少人甚至自己行动起来，直接奔赴灾区，深入最危险的第一线。那些背着沉重的背包、在道路尽毁的受灾山区日夜兼程前行的人，令全世界敬佩。这是个人行为，但和"个人主义"无关。这是一种巨大的渴望，渴望在民族和国家遇到困难的时候，将自己的力量汇聚到全民的努力之中。这才是至高至大的"个人"，由这样的"个人"所组成的民族，才能昂然屹立于世界民族之林。

"个人"的觉醒和升华，能够为观察国家意识提供特别的角度。在捐献爱心的人群中，我们所看见的正是这个意义上的"个人"。有一幕场景，我想，每一个看见过的人都永难忘记：一位不幸的乞讨者，也捐献出了一百多元钱。也许，对于他，这是好几天的饭钱；也许，为了积攒下这一百多元钱，他更要忍受我们无法想象的艰辛，甚至是白眼和屈辱。然而，在这一刻，谁还能够把他看成是被抛弃的或者自我抛弃的边缘人和失败者呢？他和我们一样，是一个中国人，是共和国的公民；他和我们一样，拥有足够的尊严！我们难道不应该为他祈祷，希望他也能够尽快走出困境吗？他对我们的爱，难道不应该使我们对他也有所付出吗？

较之于有组织的集体行动，这些个人的行为，格外能够令我们想起"多难兴邦"这四个字。"多难兴邦"典出《左传·昭公四年》："或多难以固其国，启其疆土；或无难以丧其国，失其守宇。"虽然我们绝对没有"启其疆土"的打算，也似乎并没有"丧其国，失其守宇"的危险，但是，难道我们不应该"固其国"吗？灾难终究是不幸的，没有谁会希望遇见灾难。可是，如何转化灾难所带来的伤害和损失，如何升华抗击灾难过程中激发出来的善行和价值，却是我们必须认真思考的一个问题。

当然，最主要的抗震救灾工作毕竟还是由被组织起来的集体行动来承担的。每一次灾难都会令我们看到，总有那么两种职业的人冲在最前面，作出巨大的牺牲和贡献。毫无疑问，这次还是军人和医生。

我们都看见，一个孩子从废墟中被抢救出来，稚气未褪、刚刚脱险的他躺在担架上，举起右手，向抬着他的战士敬礼。看见这幕场景的一瞬间，我的眼泪夺眶而出。是啊，也许我们习惯了，每逢危急灾难时刻，总有我们的军队最早出现在身边。这种奇怪的习惯阻塞了我们的思考。请大家看一看，在抗震救灾的第一线，特别是最早的一两天，除了他们身上满是灰尘甚至血迹的统一的军装外，他们的工作环境和条件，包括他们嘴边的燎泡、嘴上的胡子茬，哪里还能够使我们想起这是一支威武的正规军呢？请大家想一想，在人类的军事史上，还能不能找到另外一支军队，像中国人民解放军那样，随时准备承担远远超出一支正规军在理论上所应承担的任务呢？而这，正是我们听惯了的"子弟兵"的真正含义。套用一句第二次世界大战期间，丘吉尔赞颂为了保卫英伦三岛的英国空军将士的话："从来没有那么少的人，为那么多的人作出了那么大的贡献。"我想，这句话用在我们的子弟兵身上，无疑也是合适的。

　　抗震救灾还没有结束，但是，已经有太多太多值得我们感念和深思的事迹。它们的深层意义，是我们从这场不幸的巨大灾难中剥离出来的巨大的精神财富。我们理当用发自内心、融入血液的深沉的大爱，来对待同胞、山河、民族和国家。通过这场抗震救灾，中国已经向全世界证明，她的人民的生命安全是她的最高价值。让我们共同用大爱把我们的国家建设得更加美好。

　　汶川地震的灾难终会过去。但是，我相信，抗击汶川地震过程中彰显出来的精神能够融入我们民族的血脉，永不淡忘，从而让我们以最大的悲悯应对现实，以最大的理性走向未来。

（摘自《读者》2008 年第 13 期）

父亲是照亮我人生的火炬手

罗雪娟

2008年3月24日，2008年北京奥运会圣火采集仪式在希腊古奥林匹亚遗址的赫拉神庙前举行。我有幸成为接过奥运火炬的第一个中国人，也是现代奥运史上第一位在希腊传递火炬的外国人，这巨大荣誉是我人生的荣耀！

我能在体育明星云集的中国当选奥运火炬"第一棒"，绝对是一匹"大黑马"。我笃信一切都源于我的父亲。从小到大，他一直给我"希望的火光"，让我在黑暗的路上也能坚持走下去，直到美好的风景跃入视野……

7岁时，我刚开始到市体校学游泳，父亲就查出患有重度乙肝，只得办了内退，每个月从厂里领300元生活费。母亲在一家百货商店上班，效益也不好。练游泳训练量大，我又在长身体，很需要营养。那时候，每月交了训练费，家里剩下的生活费实在捉襟见肘，而父亲却能保证我每个月吃两只鸭子。他总是骑着自行车绕大半个杭州市去找全市价钱最便宜的鸭子。有时一斤鸭子只便宜几毛钱，他却说："节约一点是一点。一只鸭子就可以省下一个素菜钱了。"

1995年，我进了省游泳队，然而除了蛙泳成绩出类拔萃，其他泳姿我都不行，半年后又被退回市体校。这几乎意味着我的游泳之路被堵上了，我整天哭。父亲跟我说："你蛙泳能游全国第一，他们照样要你！"我终于又沉下心训练了。1996年，我获得全国青年组蛙泳的冠军，果真回到了浙江队。正是父亲在黑暗中为我举起了火炬，才让我看到并抓住了蛙泳这根救命稻草。

从某种意义上说，是父亲对我的"野心"激发了我的"野心"。我成为省队主力队员后，父亲郑重地对我说："省队这个鱼缸已经装不下你了，你只有乘杭州开往北京的火车去国家队，才会有新天地。很多练游泳的好苗子都在中途下了车，但我希望你跨长江、过黄河，一直到北京。就是中间经过泰山脚下，很容易就能登上泰山，你也要经得住诱惑。你的目的地是北京！"

父亲的火炬坚定了我前进的方向。2001年到2003年，我一口气夺得了5块世锦赛金牌，几乎包揽了这段时间所有赛事的100米蛙泳金牌。2004年奥运会半决赛中，澳大利亚的琼斯破了世界纪录，而我是以第8名的成绩勉强进决赛的。那时，我几乎接受失败了。父亲在决赛前打电话给我，不停地重复："你是最棒的，不要容许别人比你棒！"父亲的话着实像火把一样烧得我热血沸腾起来！

奥运金牌为我和父亲增添了无限的亮色，可没多久黑暗再度降临。2006年前后，我在训练时多次出现短暂昏厥，2006年11月25日，我在浙江萧山游泳基地训练时再度昏厥，被紧急送到医院，心跳超过了每分钟200次，医生建议我马上退役。我实在不甘心——自己年龄不大，一定要拼2008！父亲这次却果断地熄灭了我心中的火炬，他设身处地地跟我讲："当初爸爸生病，你心里是怎么着急难过的？现在你就知道爸爸妈妈有多难受了！"是啊，父亲说得对，与生命比起来，金牌是次要的。我选择了放弃。

一直以为，我和 2008 年北京奥运会的缘分就这样尽了，没想到我竟以第一棒火炬手的身份和它结缘！我想起了父亲经常说的一句话："好的时候不要看得太好，坏的时候不要看得太坏！"我的人生就是这样，风险与风景并存。但那又有什么好怕的？父亲的火炬就在前方摇曳着！

（摘自《读者》2008 年第 14 期）

让青春不再沉重

夏 磊

"青春的花开花谢，让我疲惫却不后悔……"轻柔的吉他伴着校园民谣的歌声，代表了我们对大学生活的美好向往。也许大学曾经是一个神圣的地方，大学生活是人一生中最值得追念的记忆。但是对于现在的大学生来说，充满青春和梦想的大学生活，已经在严峻的现实中渐行渐远。

不是我们不想学习

2008 年 1 月 4 日晚上，中国某重点大学教授杨某在为学生们讲课。和往常一样，教室里面人很少，因为这不过是一堂选修课，而且很多人都已经在今天课前交上了期末论文。

突然，杨某开始责骂没有到场的学生，并要求记考勤，声称今天没有到场的学生考核都不能通过。很快有二三十名学生闻讯赶来，但杨某并没有让他们进来。一名男生怒而踢门，杨某打开门骂道："是谁踢的门，给我站出来，扰乱课堂，混蛋，畜生！给我站出来，属老鼠的啊！"

接着他关上门，开始教育学生。突然一名女生背起书包，站起身来准备出门。杨某生气地问道："我还没有讲完呢，你干吗去？"女生回应道："老师，上课讲这些你不觉得无聊吗？"

女生执意要离开，杨某不让，并上前抓住该女生的书包，两个人开始扭打，女生还踢了杨某几脚。最后，这名女生被保卫处的人带走了。

此事一经披露，网上各方评论如潮。在谴责完学生的无礼之后，很多人的笔锋直指高校陈旧落后的教学方式。

很多学生在网上力挺那位女生，认为她讲出了现在大学里面的实情。"有的老师只是在照本宣科，听那样的课实在是一种折磨。"即将毕业的任明说起他上过的一堂课，他整堂课都在看小说。看小说之前，黑板上是5个字，看过小说睡了一觉之后，黑板上还是5个字。用他的话形容，老师讲课味同嚼蜡，学生听课呆若木鸡。

逃课就成了学生们对这种授课方式的消极抵抗。很多学生戏言大学课程分为两种："选逃课"和"必逃课"。期末的时候利用考试前的最后几天临时抱佛脚，也成为高校里最常见的景观。这样的学习方式很难说会有什么收获，结果是老师费力不讨好，而学生一毕业就把所有死记硬背的知识还给了老师。大学几年里学生的个人能力没有提高，缺乏实践精神，浪费了大好时光从而一无所获。

因为对现有的教学模式不满，高校中已经悄然刮起了"退学风"。2005年，中国某重点大学博士生王某写下了近万字的退学申请。他提出的退学原因有两个：一是不认同学校的博士生培养模式，二是不愿充当导师挣钱的工具。一个网名叫"任天寂"的学生，在黑龙江某高校读大三时退学。他在网上写下了《中国教育万言书》，他认为，现在要解决的问题主要不是学校问题，而是教育观念问题。对于学校办学层次和水平的不满，成为学生主动退学最主要的原因。

填鸭式的知识传授方式已成为现在大学教育中最受人诟病的问题，而从大学的源头考察，知识传授从来就不是大学最主要的功能。英国教育家纽曼在他著名的《大学的理想》中提出，大学的职责就是提供智能、理性和思考的练习环境。让年轻人凭借自身具有的敏锐、坦荡、同情心、观察力在共同的学习、生活、自由的交谈和辩论中，得到受益一生的思维训练，这才是大学所要完成的重要任务。

英国诺丁汉大学校长杨福家也表达了相近的观点：传播知识在现在已经不太重要，重要的是让学生学会如何做人、如何思考。在当代，知识和信息可以在网上或其他方便的途径中获取，但大学以直接的人与人——知识分子、大学生之间的交往，形成具有活力的文化交流，这不仅是互联网不能取代的，而且它还会成为互联网所依赖的文化中心。

而我们的大学，正是在排得满满的课程表中失去了教育的灵魂，在老师照本宣科、学生埋头记笔记的学习方式中，失去了思维的能力和乐趣。

再多知识也不能挽救的失败

19岁的四川大学生小陈从四川赶到长春，想和女友一起过个浪漫的春节。小陈在除夕夜赶到长春，结果迷了路，由于人生地不熟，又联系不上女朋友，他就跪在路边失声痛哭。

这场闹剧最后以民警过问、帮助小陈寻找到他女友收场。其间，由于小陈说不出女友地址，民警有些为难，然后小陈又开始痛哭，民警们不得不唱歌来哄他。

一架从北京飞往大连的飞机上，两名女性乘客由于一点小摩擦破口大骂。离奇的是，这两位"高素质"的吵架者先后用汉语、英语、日语和法语互相辱骂。这场别开生面、具备国际特色的吵架一度引来众人围观，导致小小的混乱。

两则新闻的共同点在于，受过高等教育的人表现出了低智商的行为。

第一条新闻中的小陈，能够考上大学，应该是在学校里成绩较好的学生，但是如此缺乏生活常识、社交技能，让人不得不质疑，我们传统的教育方式到底是把人教聪明了，还是把人教傻了？

在第二条新闻中，很多人都感叹于会三种外语的"高素质"人才，居然在大庭广众之下有如此低素质的行为。殊不知，知识不等于素质，两个女人的行为、观者的感叹，都说明了我们在教学观念上存在误区。

我们的传统教育观念认为，有足够知识储备的人就是高素质的人。在大学教育中，就表现为重知识传授而轻个人素养培育，结果造成现代大学生较为普遍的高分低能。有人"很傻很天真"，像小陈那样只知道书本知识，缺乏基本的生活技能和道德判断能力。更多的人读书出于功利，热衷于获取各种证书和技能，不具备基本的科学理论、系统知识，关于人生、社会的基本素养几乎空白。

一位学者曾说："训练是传授某种技艺，教育则是要给人提供某种精神品质。大学就是要为年轻人建立一个精神的故乡，使他们在瞬息万变的世界里闯荡时，有一种内在的资源。"很显然，我们现在的大学并不能让学生感受到这样的人文关怀。

世界上真正成功的大学，都十分强调人文学习。哈佛大学校长陆登庭就认为，大学对学生人文素质的培养才是大学教育中无法取代的部分。它不仅有助于我们在专业领域里更具创造性，还使我们变得更善于深思熟虑，更有追求，更有理想，更有洞察力，成为更完美、更成功的人。

诚信的缺失

不久前，一位经济学教授谈了他亲身感受到的中国大学诚信危机："中国学生申请出国留学，需要教授写推荐信。20世纪80年代，我在上面签上自己的名字，对方学校就认可了；到了90年代早期，签名之外还要盖上自己的印章；再过几年，除了签名、盖章外，还要求加盖系、院或大学的骑缝章才行；现在这些都不算了，外国大学在收到推荐信之后，通常还会给推荐教授发函，以确认教授是否真的推荐了此人！"

高校中的诚信缺失已经众所周知。几乎每隔一段时间，教授论文造假事件就会见报一次。还有很多教师靠学术造假，从国家口袋里圈钱。很少有人能静下心来，苦心钻研学术。

上行下效，学生们也纷纷将这种"精神"发扬光大。考试作弊屡禁不止，不少地方还出现了以赚钱、营利为目的，有组织、有中介的"职业枪手"队伍。

学术抄袭也是司空见惯。"天下文章一大抄，看你会抄不会抄""文章=剪刀+糨糊"的观点在大学生中认同度极高。在2006年的一项调查中，180位接受调查的博士里，有60%的人承认，他们曾花钱在学术刊物上发表论文，相近比例的人承认曾抄袭过其他学者的成果。找工作的时候，大学生们也把这一"技能"发挥得淋漓尽致，简历注水，花样百出。于是招聘会上人人都是优秀班干部、三好学生。工作后随意违约，频繁跳槽，一旦目的达到便不辞而别，让招聘单位措手不及，造成用人单位对应届大学生的普遍反感。

由于很多大学生丧失诚信，国有商业银行国家助学贷款坏账比例高达10%，远远高于普通人1%的比例。2006年4月，全国已有100多所高校被银行列入暂停发放助学贷款的"黑名单"。更有少数大学生隐瞒家庭真实情况，出具虚假贫困证明骗取助学贷款。这些行为的后果十分严重，会直接影响真正需要助学贷款的贫困大学生，有可能让他们上大学的希望成为泡影。

其实，不管在大学里有多少获得和失去，不可否认，这几年都是一个人一生中最难以忘怀的青春岁月。还有一代一代的学生要进入大学，不能让他们再失望了。让大学教育回归其本质，是我们不懈努力的目标——让校园里的青春卸下沉重，让大学真正成为一代代学生的精神故乡。

（摘自《读者》2008 年第 15 期）

"网客"新时代

张 琴

博客、播客、威客、闪客等等，由数量庞大的网民组成的网络诸"客"自成一派，开创并继续着各自的"网客"生活，也衍生出独特的"网客"文化。

博客：生活因此而改变

从号称点击超过6000万人次的徐静蕾的"老徐的博客"，到以质朴文字记录本职工作而被广大网友称为"最美的公交售票员"的"公交MM"博客，再到广东省卫生厅副厅长廖新波开通的名为"医生哥波子"的博客，以及点击量已超过千万次的由河北省公安厅主办的"中国第一公安博客"——博客已经迅速成为普通老百姓生活中的普通事物。

深入寻常百姓家，生活因此而改变，这是对中国目前博客发展状况最好的概括。

"博"龄 3 年的重庆市某大学研究生赵玲说，自己认识的人几乎都开了博客，不仅可以像写日记一样记录生活点滴，也可以与朋友分享当时的心情与想法。

"照片、音乐、文字，博客就像自己心灵的一片净土，自由表达和记录让我们释放了情绪，不管是烦恼的还是快乐的。"赵玲说。

中国互联网协会发布的《2007 年中国互联网调查报告》显示，截至 2006 年年底，中国博客作者规模已经达到 2080 万人，其中活跃的博客作者为 315 万人，博客访问者超过 1 亿人。

除了普通人记录普通生活，网络小说创作也是博客的主流之一。据统计，中国目前已有 1700 万人进行网络博客写作，其中不乏藏龙卧虎之辈。从《第一次亲密接触》、《武林外传》到发行量 100 余万册的玄幻小说《诛仙》，再到去年以来颇受关注的《病忘书》、《特别内向：董事长日记》等，博客网络小说迎来了发展的黄金时代。

2005 年被人们称为中国博客元年。不过两年多时间，博客的兴起与繁荣超出了人们的想象。

"博"龄 2 年的朱志强说，每天回家第一件事就是打开电脑登录博客，把琐碎的日常生活记录下来，再看看朋友们博客上的动态，这已经成为一种习惯。

播客：想唱就唱，想演就演

想唱就唱，想演就演，播客们相信懂得自我欣赏的人更加快乐。

一台上网电脑、一部 DV，连接好麦克风和耳机，下载一个音频或视频编辑软件，将录制或拍摄的内容上传到互联网上，你就成为一个播客了。播客（Podcasting），是由"ipod"和"broadcast"组合而成。网民借助一个名为

"iPodder"的软件和MP3播放器结合，将网上的广播节目下载到自己的播放器中随时收听，还可以自己制作声音节目上传。实际上，播客与博客的最大不同之处就是增加了视频功能，可以展现歌曲、戏曲、乐器演奏等艺术形式，以及个人DV短片等多种视频信息，提供了更个性化展现自我的舞台。

中国互联网协会发布的《2007年中国互联网调查报告》显示，中国播客的受众规模已达到7600万人。

为网民提供了音频、视频等更多个性化展示功能的播客，正在成为"博客热"的"升级版"。新浪2006年年底启动的"播客"频道在不到两个月时间内拥有超过百万用户，今年春节除夕推出的24小时联播的"播客春晚"受到热捧。国内视频播客网从最初的20家左右激增到200多家，很多播客运营商获得了大量风险投资，以土豆网、中国广播网银河台为代表的一批播客网站新势力迅速崛起。

美国一项最新调查显示，12%的网络使用者曾下载并收听播客文件。

威客：好"点子"换回真"金子"

威客，英文名为Witkey，wit是智慧，key是钥匙。在网络时代，凭借自己的创造能力在互联网上帮助别人，从而获得报酬的人就是威客。

在威客网上，个人和企业只需发布任务，公布任务期限和赏金，网上的威客们就会竞标来争取任务。威客任务小到宠物取名，大到广告设计，应有尽有，赏金也根据难度不同从几十元到上万元不等。一旦方案被发布方选中，威客可以得到赏金的80%，赏金的另外20%归威客网站所有。

威客运作很简单，首先到专业的威客网站上进行注册，拥有个人账户。寻求帮助者可以提问并向网站支付奖金，然后从竞标的答案中选择最满意的，最后由网站按照百分比发放奖金。提供帮助者则通过查看网站悬赏任务确定自己的目标问题，制作答案并提交，中标后收取奖金。由于互联网自身的随意性，许多自由职业者、学生等都开始用威客关系取代社会人脉关系来赚取奖金（中标），从而免去了招揽客户的环节。

《中国威客 Witkey 商业模式及投资前景研究报告》显示，自 2005 年以来，中国威客已达 60 万人，威客网站 40 多家。报告预计，到 2007 年，中国威客将激增到 900 万人。

目前，主要的威客网站包括 www.zhubajie.com.cn（猪八戒）、www.witkey.com（威客）、www.taskcn.com（任务中国）等。去年 9 月，重庆新欧鹏集团以 30 万元的价码在"猪八戒威客网"上以悬赏方式，邀全球威客诠释该集团理念。这个被称为中国网络威客"第一单"的案例，是中国威客模式出现以来金额最大的单项网络悬赏。

威客孙巍说，任何人都可以成为有偿提供创意的威客，资源和创意的共享和供求关系造就了千百万的威客。有关专家指出，威客的适合人群是有一定设计专长和创意能力，业余时间较多，熟悉网络交易运作和新生事物的人。

闪客：做自己的快乐动漫

自 1999 年"边城浪子"提出了"闪客"概念后，为观众制作提供有个性的、风格独特的 Flash 的制作人，即闪客，也如雨后春笋般冒出来。

重庆某高校在校学生徐放就是一名"闪客"，他的专业并非计算机，却自学 Flash 等软件，制作出了六七个 Flash。

"我还只是个新手，还需要学习，不仅是软件方面，还有美工、位图制作方面都要加强，才能做出真正很好的 Flash。"徐放笑谈。

相比徐放，美女"哎呀呀"就是闪客中的资深名人。真名孙雁的"哎呀呀"自学成才，不仅成为"闪林四大天王"里唯一的女性，而且还创立了哎呀呀网络科技公司，为《地下铁》等电影和米奇林、施耐德等公司完成过

Flash 制作订单。

徐放说，像孙雁这样走上创业道路的人还是少数，大部分人还是抱着自娱自乐的心态在玩 Flash，其实享受制作属于自己的动漫的过程就已经足够了。

各种各样的"网客"

据中国互联网信息中心统计显示，2006 年，中国网民数量达到 1.3 亿人，中国网民数量在 9 年内增长了近 200 倍。这也为种类繁多的各种网络之"客"提供了生存和成长的土壤，如：在网络上共同联合起来，拿起法律武器与损害其利益者对簿公堂的网络"维权客"；以交换、易物、交友为目的，变废为宝，享受资源互惠的"换客"；出版印刷自己私人留存文字图片作品的"印客"等等。

受访的有关专家表示，网络诸"客"的兴起深刻变革着互联网交流模式和文化娱乐传播方式，也标志着中国互联网正在从商业化向社会化迈进。

（摘自《读者》2007 年第 15 期）

纵使花容落尽，也要演绎母亲的角色

陈　涛

　　尽管镇民政所的协理员一路上都在友情提醒，"熊丽的那张脸有些恐怖"，当记者见到她本人时，还是有些超乎想象：下颚和左侧脸各"长"出一个形似水袋、拳头大小的东西，据了解，它叫皮肤扩张器，里面盛的都是盐水，目的是用它尽可能撑大表皮面积，便于以后做植皮手术时使用；脸庞、手腕还有长裙下露出的双脚踝关节的皮肤，都褶皱严重，颜色枯黄中带黑。

　　由于全身皮肤受损严重，熊丽不能在户外阳光下站立太久。不过一岁多的儿子才不管这些，稍一松手就爬到外面去了，着急的妈妈在里屋直喊："唐国帅，快进来！"然后一把把他抱入怀中，在他胖乎乎的小脸蛋上狠劲亲上一口。熊丽说："孩子是你前世的缘，他来到了这个世界，我和他就是有缘的人。我应该感激孩子的出现，给了我一个爱他的机会。"

烧碱流向怀孕的她

今年 29 岁的熊丽曾经是仙桃市花鼓戏剧团演员。2006 年 12 月 26 日，她所在的剧团接到赴外地演出的邀请。通常，像这样的一次演出，演员可以拿到 300 元左右的酬劳。已身怀六甲的熊丽想在孩子出生前多赚点奶粉钱，于是放弃在家休养，随剧团一道出演。返回时，同是剧团成员的丈夫唐红刚怕妻子受颠簸，没让熊丽和自己一起坐运送道具的卡车，而让她坐长途客车回去。

路上，一辆装着烧碱的超载货车突然从路口转弯处驶出，两车发生猛烈碰撞，滚烫的烧碱顺着客车车顶和车门玻璃涌进客车，熊丽没有本能地抱住头，而是把手伸向了自己隆起的腹部。据后来抢救熊丽的医生回忆，熊丽已经全身焦黑，挪开她的双手后，肚子上没有灼伤的皮肤呈现出完整的两只手印。经诊断，熊丽身体的烧伤面积高达 40%，属深度烧伤。

为保胎儿拒用药物

医生告诉赶来的唐红刚，救治熊丽，必须注射大量抗生素控制感染，然后施行植皮手术。但这样一来，她肚子里的胎儿必然会受到影响，即使生下来也会有缺陷。若尽早使用抗生素对感染加以控制，容颜不会受损，以后还能再登舞台。

救大人还是救小孩？家属决定放弃孩子，因为毕竟熊丽还年轻。正当医生准备手术时，突然清醒过来的熊丽却强烈要求："什么药也不用，一定要保住孩子！"医生只得尊重熊丽的意愿，不使用对胎儿有副作用的抗菌药物，只对她进行保守治疗。这意味着，她的伤口每天只能用简单的外用药。

"我要保住孩子，他已经六个月大了，再过一段时间就能出生了！"熊丽回忆说。躺在床上尽管浑身剧烈疼痛，她还是能感觉到肚子里的孩子在动，她实在不忍心把这个已经有了生命的孩子扼杀掉。此时的熊丽并没意识到，作出这样的选择，将给她带来痛入骨髓的折磨。

伤口不可避免地恶化了。每隔一天，医生就得用刀将熊丽身上的焦痂和腐肉清除，然后将里面的坏死组织一层层剥掉。锋利的手术刀在她身上快速移动，身上那层血肉相连的"黑炭"被轻轻剥离开来。熊丽遍身都是伤口，每次清理需要两个多小时，甚至更长时间。当主治医生问熊丽要不要麻醉时，她摇了摇头。握着丈夫的手一次次握紧又一次次无力地松开，涌出的豆大汗珠代替着本应撕心裂肺的哭叫。手术后的当晚，熊丽整夜都睡不着，强忍着钻心的疼痛，死死咬住枕头……

由于没有用药物控制，熊丽身上大大小小的伤口一再溃烂、恶化，大腿上的创口竟已深达骨骼。钻心的疼痛，让她几乎无法安稳地睡足一个小时。守候在一旁的爱人唐红刚急了，求医生给妻子注射镇痛药。熊丽说，那时感到自己的腹部有动静，孩子一个劲地踹妈妈的肚子，她拼命摇头阻止丈夫。

由于昏过去的次数太多，关于那些天的经历，熊丽的记忆也变得断断续续。她记得自己减轻疼痛的常用办法就是刀子在身上刮时，脑子里想想其他的事。具体想什么她也没印象了。

俏花旦浴血产子创奇迹

熊丽的右腿骨折了，躺在病床上的她每天不停地调整着睡姿，伤口摩擦被褥的疼痛让她无法睡一个小时的整觉。熊丽再一次拒绝了丈夫提出的用药物治疗的建议，她忍痛说："是一张脸重要，还是一条命重要？孩子都七个月了，我都能感觉到他在踢我呢！"

2007年2月1日，医生们准备将这个小生命迎接到世间时，熊丽忽然高烧41℃，身体出现抽搐，陷入昏迷前的一瞬间她依然抓住医生的胳膊说："请一定要保护孩子，我没关系的！"2月2日下午1时许，熊丽顺利生下一个 5 斤 4 两重的男婴。这一天，距离熊丽重伤入院整整 37 天。孩子降生了，是个健康的男孩。有记载表明，重度烧伤的孕妇分娩健康宝宝，全世界都极为罕见。熊丽用自己的坚强和母爱，创造了一个奇迹。而此时熊丽身上的伤口都裂开了，没有了半点力气，她连抱抱孩子都做不到。

孩子出生后，医院立即调整了治疗方案，相关的抗生素全部用上了，熊丽身上原本蔓延的溃烂伤口也渐渐得到了控制，但脸部的创伤却因感染没能控制住，伤痕溃烂弥漫，留下了永远的遗憾。但熊丽说："即使再来一次，我还会选择留下孩子！"武汉大学一位学生给熊丽写信说："此前，你是舞台上绚烂夺目的星光，而如今，你选择的是纵使花容尽失、生命归零，也要演绎人生舞台上最伟大的角色——母亲！"

因为爱，残破的脸重归完整

此前，因为容貌俏丽，她在花鼓戏剧团唱的是花旦，经常出演《三哭殿》里的"西宫娘娘"。从医院回家后，熊丽愈合的脸上布满黑色的瘢痕和褶皱，她几乎没有出过门，守在家里专心带孩子。

今年 3 月，中国妇女发展基金会成立"玫瑰基金"。熊丽成为"玫瑰基金"第一位被援助者，北京伊美尔长岛医院着手为她实施免费整容。得知她的故事后，中央电视台著名主持人张越告诉她："不管如何，你在我们心里都很漂亮。"

7 个多小时的手术，解决了她右面颊部瘢痕及右颈肩瘢痕挛缩问题，同时在她的脖子和左侧脸上各安放一个皮肤扩张器，为第二次手术培养皮肤。

尽管现在睡眠和胃口都不算好，但每天对着镜子往伤口上抹药时，熊丽仍然很高兴："黑色的皮肤正在一点点退掉！"她对自己一个月后的第二次手术很有信心。

（摘自《读者》2008 年第 17 期）

人肉搜索
——网络舆论的双重性格

潘玉娇　王宏伟　贾梦雨

2006 年 2 月，虐猫事件——人肉搜索的标志性事件，6 天内虐猫视频中的 3 个嫌疑人被锁定，第一次彰显了网络调查的能力，并严重影响到"被通缉者"的工作生活。

2007 年年底，华南虎事件——大部分网民开始理性地参与讨论，意见和观点主要基于摄影、生物、常识等不同角度的技术分析，体现出追求真相的愿望。

2008 年 5 月 12 日汶川大地震后，人肉搜索案例更是集中出现：一件是揪出李冬梅们，无数网友整理出借"爱心捐助"借机骗钱的捐款账号和户名，帮助公安机关破案；一件是因不能玩游戏而辱骂灾区人民的沈阳女网民个人信息被披露，警方根据这些信息传讯了这位女子；还有一件是四川省卫生厅公务员殴打志愿者，网友们不依不饶，最终迫使打人者道歉；网名为 Die 豹的重庆某学院旅游系大三学生因在网上发表"第一次感受地震，很舒坦"之类言论，触犯众怒，其学校、通讯地址等被一一公布，被迫休学。

无孔不入的"网络通缉令"

人肉搜索是猫扑网首创的一种搜索方式，与谷歌、百度不同的是，它更接近于"爱问""知道"一类的提问回答网站。人肉搜索引擎，顾名思义，它是一种针对某个问题或者事件抛出的问题，最终寻找出最佳答案的搜索机制，但这个术语中的"人肉"一词，掺杂着黑色幽默的味道，也准确地表明了其特点——搜索行为的原动力，不再像传统的搜索方式那样，仅仅依靠某个网络程序或者冰冷的互联网资料库，而是更多地靠无数有着真实血肉之躯的网民亲身参与，由他们在某个随时可能参与进来的时间，用自身的知识、经验、信息渠道，向提问者送上部分答案，再由其他网友补充、完善，直至最后得出确切的答案。人肉搜索有多种业务，但最具争议的是对人的搜索，无数的人从不同途径对同一个人进行"地毯式搜索"，很快能够收获一个人的一切信息。

"在网上，没人知道你是一条狗。"网络兴起之初这句名言，要因为人肉搜索而改了，一旦被"人肉"，这只"狗"的姓名、照片、手机号、家庭住址，甚至工作经历、配偶、子女、单位或学校等信息全部被发布到网上。人肉搜索好比有人在网上发出一张通缉令，一张无边无际的网就此张开，让被搜索者无处藏身。目前，人肉搜索引擎已经在整个互联网蔓延，猫扑、天涯、西祠胡同、腾讯等都聚集了大批活跃的"赏金猎人"。一有风吹草动，任何一个普通人都有可能被数以千计的"赏金猎人"放到显微镜下去观察。

维护正义良知的"道德审判"

2008年春节前，南京的小夏花1500元网购手机，不料卖家玩起了"隐身"。无奈之下，她在国内某知名社区发帖求助，人肉搜索就此启动。几个小时后卖家的信息便被公布在网上，一位警察网友还给卖家打电话追问发货情况，39 小时后，卖家因受不了网友的轮番"轰炸"，乖乖将 1500 元退还给小夏。这样的解决速度，是正常的法律程序无法企及的。类似的人肉搜索维权事件已有很多，南京大学潘知常教授认为，人肉搜索开始维护现实世界的商业规则，如果说网络购物开启了商业新时代，而人肉搜索在一定层面上开拓了网络维权的新时代。网购的买家和卖家也许远隔千里，素未谋面，但是也必须诚实守信，否则人肉搜索将使秩序破坏者无处藏身。人肉搜索可以让人们更快地逼近事实真相，在华南虎事件中，正是通过人肉搜索发现了"年画虎"，并找出其生产厂商，才使事件发生重大转机。

南京师范大学新闻与传播学院顾理平教授说："在人肉搜索事件中，出发点是揭露假恶丑，这有点像西方新闻史上著名的'扒粪运动'，曝光恶行是为了让世界变得更美好，背后是对真善美的追求。"

顾教授认为，人肉搜索已经成为一种强大的舆论监督力量，是自发形成的一种追究机制，每一次知名的人肉搜索，都相当于一场道德审判。以前，道德更多是一种自律，而因为人肉搜索，道德开始变成他律。

游走于法律边缘的"网络暴政"

南京市心理危机干预中心主任、社会心理学家张纯认为，公众的窥伺欲是人肉搜索的社会心理基础。对引起公众兴趣的事，大家总想了解得更多，这就使人肉搜索常常造成"误伤"。比如 13 岁的北京女生张殊凡因为一句"很黄很暴力"被"人肉"，不但个人信息被公布，而且被恶搞成斯巴达 300 勇士，丑化成兔斯基，甚至被拼上色情漫画的头部。而揭露丑恶的人肉搜索，在维护道德的同时，常常采用不道德的手段，有些以暴易暴、"扣屎盆子"，甚至用黑客手段破解别人邮箱等涉嫌违法的手段。

顾理平教授从事传播法学研究，他认为，人肉搜索的法律问题主要集中在侵犯名誉权和隐私权两个方面。人肉搜索是一种有选择的评价，它回避正面信息，而将负面的消息集中展现，因此对当事人的名誉造成伤害。而姓名、联系方式、家庭住址等信息被公布在网络上，则侵犯了当事人的隐私权。在这一过程中，还伴随着攻击性、煽动性和侮辱性的议论，以及对当事人及其亲友的正常生活的侵扰，这就带有网络暴力性质，甚至可被称作是多数人对少数人的暴政。

"人肉搜索在社会正义遭到侵犯时能起到防卫作用，但是这个新生事物还缺乏规范，往往出现'防卫过当'。这种自发的力量很难把握好公平的界线，并且缺乏善意，常出现小刺激大反应，小过错大惩罚。我们期待它的成熟，也期待监管力量的介入。"潘知常教授表示，"对'天价头''周老虎'，人肉搜索是有效的，但对一些道德事件，还是要把握分寸，否则所有的人都行走在隐私权的边界上了，将心比心，我们谁愿意被放在隐私权的边界上呢？"

人肉搜索过程中，每个人似乎都可以成为"警察"，这种"审判"几乎无所不能，而且不受约束。人性是复杂的，"人肉搜索"可以激发人性中"天使"的一面，但很多时候，常常也会激发"魔鬼"的一面，从众心理、幸灾乐祸、落井下石、盲目煽惑等人性中的弱点被激发，甚至于窥伺欲、暴力欲等也被很快煽动起来。从人文精神的角度来看，对一个有过错的人的"审判"，应该更多体现宽容精神。人肉搜索往往不问青红皂白，排山倒海般的"暴力"体现了太多的盲目性，一副真理在握、不容置疑的架势，更有一些人利用这种情绪，把大火烧向他所希望的方向。表面看起来，这种网络审判似乎翔实严正，其实未必，只是辩解的声音在这种"人海战术"面前往往被淹没。于是，人肉搜索这种"多数人的暴政"，"横扫一切、打倒一切"的势头借助于高科技，得以无限扩大。尤其在一个人文素质还不太高的社会，人肉搜索将恶性循环。人人都有权利去揭发他人、审判他人，人人也都可能被他人揭发、被他人审判，人肉搜索很可能会制造恐怖，人人自危。

专家指出，捍卫、重建社会道德价值体系不能只有激情，只有口号，而应有另外的更为重要的条件，那就是自由、民主、法治、平等等现代社会秩序的形成和现代公民意识的成熟，避免"道德杀人"，让道德带给所有人归宿感、安全感、温馨感，而不是恐惧感。

人肉搜索背后的推动力

人们通常把网络称为虚拟世界，然而人肉搜索让我们明白，网络并不虚拟，它就是现实世界的一部分。我们看到，每一次成功的人肉搜索，都似乎成为一次网民集体主义的胜利，网民们所代表的这一社会力量俨然已经崛起。

一位叫误入人间的网友表示，最重要的前提就是某人或某事触犯了网民共同的道德底线，"路不平，有人铲"，绝大多数情况下，是正义感和气愤让网友们发起了人肉搜索。当一件事无名利可图，却能让无数人争相参与，一定是它背后的某种东西大家觉得很重要。例如，虐猫事件挑战了人们的善良，华南虎事件挑战了社会的公信力，四川大地震使人肉搜索更显人性光辉，各大网站都推出了地震寻亲板块，这时，人性、道德还有正义是人肉搜索的驱动力。

不过，公民社会的一个前提是，所有的行为必须在理智、平等基础上进行。我们应该注意几种倾向：一是泛滥的"道德审判"有可能演变成网络暴力，侵犯当事人的隐私和权利；二是一味依赖网络宣泄，容易患上网络依赖症，公众在现实生活中参与的激情反而会减弱，一个在网络上富有正义感的人在现实生活中有可能变得冷漠。另外，毋庸讳言，一些人肉搜索背后是商业利益在推动，它的逐利性一定程度上影响了人肉搜索的社会意义。

（摘自《读者》2008 年第 18 期）

申博记忆

李晓东

如果考察中国传统文化元素与现代建筑如何完美融合，位于上海浦东的中华艺术宫，无疑是极佳样本。中华艺术宫，本为 2010 年上海世博会中国馆。建筑外形是一幢巨大的鼎，庄严而稳重，通体披中国红。世博期间，凡入馆参观者，都盖到一枚中国馆图形的印，中国红的"华"字，繁体、草隶，是馆之平面图形。大写的中华，屹立于浦东大地，屹立在改革开放、创新发展之前沿，融合最民族的和最世界的。

作为 2010 年世博会第一标志建筑，中国馆已成为和东方明珠一样的靓丽符号。但世博会申办时提出的标志建筑，却和宝鼎中华的中国馆相距甚远。

2002 年 7 月，我华东师大博士毕业，到上海市委宣传部工作，8 月，被借调到世博会申办办公室。很快熟悉了一则表述：2010 中国上海世博会，将在南浦大桥至卢浦大桥之间，4.3 平方公里的区域举行，世博会参观人次将达到 7000 万，世博会的标志建筑是人行花桥。据设想，桥跨越黄浦江两岸，是继杨浦、南浦、卢浦大桥之后，连接浦西浦东的第四座大桥。所独有的，是桥不走车，只行人，如不远处南京路步行街，桥栏鲜花装饰，五彩缤纷。行人在距江数十米的桥面驻足，眺望浦江两岸，一边百年沧桑，繁华依旧，一边大厦如林，青春靓丽。而且，市民和游客不需借助任何交通工具，即可浦西到浦东、浦东到浦西……

其时，人行花桥还在设想中，在建的，是卢浦大桥。我陪同中央电视台四套中国报道栏目，做申博专题报道。其中一个点，是从正在建设的卢浦大桥桥面，拍摄规划中的世博园区。现如今，卢浦大桥早已成为联通浦东浦西的交通动脉。这座世界上跨度第一的钢结构拱桥，如一道永恒的彩虹，飘落黄浦江两岸，又如一幅正弦函数图像，时刻标示着浦东发展的自变量和因变量。在大格局中，改革开放是自变量，浦东是因变量，但浦东作为改革开放排头兵、创新发展先行者，在经济、科技、文化、体制机制等方面的创新创造，众多可复制可推广的经验模式，又成为自变量，带动更广阔领域的发展。

建成后的卢浦大桥，通体没有一个桥墩，建设时，却有数座直插江底的钢铁支架，用于运送建筑材料和施工人员。我们乘施工罐笼到达桥面，不是直达，中间还换乘了一次才到。

铁的栏杆，钢网铺成的桥面。小心翼翼走在桥上，向脚下看，透过网眼直视黄浦江心，不由地有些心惊。虽然确定安全无虞，依然两股战战。平时读书，喜欢"浩然正气""天风浩荡"，更向往凭栏远眺，"把阑干拍遍，无人会，登临意"的慷慨深沉。到卢浦大桥施工现场才知道，真正浩荡的天风是怎么回事。栏杆更不敢去拍，却饱饱地放眼遍览黄浦江两岸，规划中的世博园区，还是一片工厂。

说实话，到底能不能如愿取得 2010 年中国上海世博会举办权，申博队伍内部，也不是信心十足的。果不其然，巴黎国际展览局投票共五轮，第四轮结果出炉，韩国丽水比上海多 3 票。韩国人已开始庆祝了，中国代表团士气有些低落。现任复旦大学党委书记焦扬，当时是市政府新闻办公室副主任，在现场指挥大家唱国歌、《歌唱祖国》，气势上压倒韩国人。随行记者记录下这场面，多次在电视里播放，殊不知并非激动的庆祝，而是决战前的鼓舞。

申博成功之日，距今已 16 年。但那天的紧张、期待，与欢庆，依然活跃在记忆中。前方代表团去了巴黎，按时差，大约北京时间晚上 10 时出最终结果。夜幕刚刚降临，我们便从市政府所在的人民大道 200 号步行到南京路步行街的申博成功庆祝现场。南京路步行街南侧，搭起庆祝的舞台，可现场观众并不太多。节目已经开始，却是彩排。正式演出，要等申博成功消息传来。我被分配的任务，是维护演出秩序。第一百货大楼下，木头搭就一座两米多高的台子，乐队在上面演出。有粉丝冲上来求签名、合影，就被站在梯子上的我拦住。乐队卖力地敲着架子鼓，却没有唱歌，唱歌的，是主舞台上的演员们。人不少，有的不认识，记忆深刻的，是刘欢和廖昌永。

尽管属于彩排，或者说暖场，且前途未卜，但演得都很认真。刘欢唱的哪首歌，我真忘记了，唱之前，刘欢说，我唱了两次奥运会、一次世博会。廖昌永演唱时，台边试放烟花，有残火未尽，落在他头上。却没有打断进行的歌曲，曲终下场时，才抚摸头顶，看来，是烧疼了。后来，几次见到廖昌永，和他说起这件事，本人却一点想不起来。我感觉，上海能飞速发展，敬业精神，是最扎实的底色。

等待总是漫长的，何况如此重要的等待。三年申博历程，好像都无今夜漫长。虽然歌在唱、舞在跳，但不是欢乐，而是担心。所有的人，两眼盯着，心里吊着的，是万里之外的巴黎，那方显示屏上突然出现的消息……

终于，胜利的消息出现了！中国成功了！上海成功了！突然的，不是成功的新闻，而是瞬间巨量增长的人！原来，各高校和区县来的庆祝人群，都等在南京路步行街旁边的街道，坐在大巴车里。成功，下车庆祝，失败，悄然返回……《解放日报》申博成功号外，在人群中散发，鲜红的报头，映照着冬日里激动的心，温暖的脸。节目正式开始，但已没人看了……

6年半后，我在卢浦大桥眺望的世博园区，已成为真正的世博园。记得2000年，参加上海高考语文试卷阅卷，盛夏的华东师大体育馆里，一派紧张认真的气氛。我虽不阅作文，也乘机看了几篇，题目刻在脑海里，是为2010年上海世博会确定一个主题。学生答卷五花八门，不知对最终确定"城市，让生活更美好"的主题有没有启发帮助。世博会举办，却实实在在把上海浦东推到了全世界眼前。至今，浦东开发27年，最高建筑，由20米的消防塔，变而为632米的上海中心，高度，就是对面"万国建筑博览群"的总长度。东方明珠浪漫依然，将上海的声音和影像，源源不断地发送到全球、发送到无边无际的宇宙空间。上海开埠150年来，外滩是舞台，农村的浦东是看台，如今，浦东陆家嘴，是中国经济最靓丽的风景线，无数创业者实现梦想的绝佳舞台。

2010年4月30日一整天，全上海都沉浸在世博来临的兴奋中。电视里反复播放申博成功的镜头，在一片挥舞的旗帜里，我瞪大眼寻觅，当然未发现自己，往事却历历上心头。抽屉里的申博成功纪念牌已有些陈旧，上海只会越来越年轻。我也有些小确幸，既参加过申博成功庆祝会，又参加过世博会开幕式的人，能见证两场经典，是该感到幸运的。

到陆家嘴无数次，每次都有身临人间仙境之感。日间，大厦高而俏，如神女起舞；到夜，华灯璀璨，变幻无穷，如仙山琼阁，不知多少人到此迷醉。开幕式当晚，世博园门口下车，步行向里面走，路程不短，边走边看，浦东的仙境，又增加了一处啊。

飞碟形的世博文化中心，开幕式主会场。如果说外滩是西式经典建筑的展览馆，浦东，就是现代最具创意和美感建筑的荟萃地。自东方明珠始，浦东仿佛现代建筑试验田，鳞次栉比而又千姿百态。无数人间奇迹，在这块东海之滨展现。上海被称"魔都"，最具魔力之处，无疑当属浦东。飞碟，既似天外来客，又若翩然欲飞。"此曲只应天上有，人间能得几回闻"，借用亦可，此物只应天上有，人间能得几回寻啊！飞碟、鬼斧神工、巧夺天工，似非人力可及，又仿佛要把浦东的神奇带给外星人，让他们惊叹人类的智慧。

开幕式简洁、唯美。魔都上海，魔力浦东，让世界惊喜。人行花桥没有建成，桥面太高，行人上桥不易。不料，奉献给盛会、世界和历史的，是更富内涵气质、造型气势、风神气象之中国馆。移动的清明上河图，是宋代"城市，让生活更美好"的典范，令后人憧憬了一千年。而今，汴河已成连接东海太平洋的黄浦江，骡马骆驼化而为汽车、飞机、高铁，画中虹桥，变身南浦、杨浦、卢浦三座大桥。千年不变的，是对美好生活的渴望和自求多福的执着努力。

2010 中国上海世博会已嵌入历史，那个天气热、人更热的夏天，永远留在人们的记忆里，"小白菜"们也都长大了。留给上海和浦东的，是已成经典的建筑和已成熟的广阔区域。走进中国馆，念着她的新名字，穿过近现代艺术精品的群阵，再次站到清明上河图前。依然灵动的光影，水波激滟，市声悠然，图中最大的桥名"虹桥"，上海有虹桥机场、大虹桥地区，两个世界级都市，在眼里和心里拼图。

（摘自《人民日报·海外版》2018 年 10 月 1 日）

火灾中的智慧母女

深 蓝

2004年2月15日，吉林市中百商厦发生了震惊全国的重大火灾事故，死亡人数高达54人。当时，一位母亲临危不乱，带着女儿顺利脱险。

2月15日是个星期天，孙淑芬和女儿刘芳彤一起去中百商厦三楼的大众浴池洗澡。刘芳彤正读高三，因为母亲自作主张为她请家教，两人怄气互不理睬已有半个月了。

洗完澡，母女俩还没来得及穿上棉衣，就突然停了电。只听有人边跑边喊："着火了！着火了！"一刹那，孙淑芬和女儿都吓呆了。但孙淑芬很快镇定下来，她一把拉住女儿的手，说："别穿了，快跑！"可刚跑两步，孙淑芬又担心孩子冻着，急忙回身拿过女儿的毛裤和羽绒服，手忙脚乱地给她套上。

母女俩来到三楼楼梯口，马上惊得目瞪口呆：二楼至三楼的楼道里浓烟滚滚，什么也看不见。

见一、二楼的烟大，许多人都往最高层的四楼跑，刘芳彤也下意识地向楼上冲。孙淑芬却拼命扯住女儿的衣服，大喊："宝宝，快往浴室跑。"女儿不解地看着母亲。

在这混乱的时刻，一向胆小的孙淑芬表现出从未有过的镇定与坚强，她以最快的速度思考着：哪里最安全？哪里才能保住女儿的命？浴室最安全。第一，浴室里有充足的水，可以灭火；第二，她记得浴室里有个供打工者做饭用的小厨房。后来事实证明，孙淑芬的选择是正确的。跑到四楼的逃生者，部分被烟熏死，另一部分从窗户跳楼的人死伤惨重。

女儿吓得腿发软，孙淑芬拖着女儿一块儿返回了浴室。她们刚一进门，浓烟紧随而至，娘俩被呛得一个劲儿地咳嗽。

孙淑芬忙拉着女儿跑进小厨房，她惊喜地发现这里的烟果然少许多。此时，厨房里已有十几个人，仍不断有人往里拥，门根本没办法关上。

情急之下，孙淑芬伸手胡乱一摸，摸到了灶台上的一把菜刀。她操起菜刀，冲着侧面窗户上的玻璃一通猛砍。玻璃碎了，但进来的一点新鲜空气很快被浓烟淹没，厨房里的情况并没有好转。空气烫得人难受，烟熏得人睁不开眼，屋里哭叫声、呼救声响成一片，接二连三地有人跳楼。刘芳彤声音颤抖地说："妈妈，咱们也跳吧。"孙淑芬把头伸向窗外，往楼下望去，只见刚跳下去的一个男人仰面躺在地上一动不动，很可能死了。她坚决地对女儿说，不能跳，从三楼跳下去不死也得重伤。

忽然，孙淑芬发现窗外侧有一个不足两寸宽的窗台，心中一阵狂喜，示意女儿爬到窗外。可刘芳彤的一只脚刚踏上内侧窗台，孙淑芬又一把把她拉了回来，并伸手把外侧窗台上的积雪拂净。芳彤意识到母亲是看到窗台太滑，担心自己失足跌下去。

孙淑芬扶着女儿的后背，等女儿完全站稳了，孙淑芬自己也爬到窗外。她们站在窗户外侧不足两寸宽的窗台上，一手撑住窗户上沿的墙壁，另一只手死死抓住身子一侧的铝合金窗框。

屋里的浓烟开始冒出火苗，听着不绝于耳的悲号，刘芳彤止不住一个劲儿发抖。孙淑芬担心女儿吓得松了手，便不顾自己的生命危险，伸出一只手抓住女儿的手。

为了让女儿不紧张，孙淑芬和她聊起了天，聊着聊着，就聊到了前几天的吵架。母女俩相互吐露了心声，消除了误会。孙淑芬严肃地说："如果这次能活着出去，妈妈一定要做一个好妈妈。"

正在这时，母女俩头顶上方的四楼有人砸窗玻璃，孙淑芬忙腾出左手护住女儿的头，这时有一块碎玻璃落了下来，斜刺着扎在孙淑芬手上。看着妈妈鲜血淋漓的手，刘芳彤禁不住哭了。

没等刘芳彤收住眼泪，周围的烟陡然浓了起来，孙淑芬忙示意女儿用羽绒服把头蒙住，然后自己也用羽绒服把头裹紧。随后，母女俩的注意力全部集中在感觉风向上，只要吹过来一阵子风，她们马上招呼对方，然后把羽绒服拉下来，呼吸几口新鲜空气。

一个多小时后，消防队员乘着云梯将她们救下。人们纷纷赞叹："整座大楼有那么多玻璃窗，还有那么多大男人，可只有你们娘俩想出这个逃生的好办法。真不简单！"

第二天早晨，刘芳彤看到枕头旁有一张妈妈写的字条：女儿，我想和你订一份互相关爱协议：一、母女每星期至少进行一次交流……二、对于不便当面交流的问题，双方可把想说的话写在纸上……刘芳彤跑进妈妈的房间，再次紧紧抱住妈妈，母女俩的泪水交融在一起……

（摘自《读者》2004 年第 20 期）

中国的"车厢文化"

吉井忍

　　年轻人主动让座，高龄者欣然接受——每当看到这样的情景，我就会想，被日本人放弃的"全车厢优先席"理想，其实在这里已经实现。

　　上车不排队、拼命抢座、大声讲话——这些都是日本观光客从中国归来后的"土产话"（旅游回来给大家的介绍）。2008年北京人为了迎接奥运会而开始的"排队日"，日本媒体也做了报道，当然文末都不忘顺带加一句"实现一定需要相当长的时间吧"。

　　这些话听起来有些刺耳，但应该不是毫无根据的。我有幸在成都、北京和上海学习、工作了一段时间。在此期间，无论在公车站、商店收银处、公共洗手间，都曾因为按日本人的习惯排队而被当地人抢走位子，这样的"吃亏"经历不少。

　　本人感觉，排队方面中国人要改善的空间确实是有的。外国人短期来中国体验这些文化差异还能算个观光项目，但近年中国人去国外旅游或工作的机会激增，若身在异域的中国人随意地运用这些"中国常识"来抢位子，恐怕海外人士对中国人（乃至日本人和韩国人，因为西方人对此往往区分不出）的好感会大幅降低。

以上种种不足，都是外国人一来中国就能感受到的。有趣的是，随着日常观察的逐渐深入，我在抱怨的同时，慢慢发现了中国礼仪在车厢内的微妙体现，从而对中国的车厢文化又产生了新的想法。

在中国，车门一开，乘客们抢位子的热情确实非常高，甚至成了国外观光客眼中的奇观。但年轻的抢位者看到老人上车，也可能把费了九牛二虎之力才到手的位子让出去。根据我的观察，乐意让座的年轻人并不在少数。我在北京的日本同事对此也有同感，继而感叹日本的年轻人不爱让座，需要好好学习。

说到日本人的让座，就一定要提一提"优先席"这个概念。在日本的地铁车厢里，你会看到标有"优先席"字样的座位。"优先席"在 1973 年的敬老日（9 月 15 日）第一次出现，当时被称为"银色席位"，意为给老人的专座。大约到了 20 世纪 90 年代，优待范围扩大到了孕妇、怀抱幼儿者。一般说来，大部分日本乘客都能遵守这一规定，自觉留出特别席位给需要的人。但微妙的是，在"优先席"以外的普通席位上，让座率就大大低于中国车厢了。

其中的原因我觉得有两点：第一，日本人有很强的敏感性，让座这样的小事也会思考再三。"若我给他让座，他会不会生气呀？看起来他与我奶奶的年龄差不多，但说不定没那么老……"这样一犹豫，让座的行为往往搁浅。第二，日本人的确能很好地遵守各类规章制度，但碰到规则模糊的灰色地带（比如车厢中的普通席位），反而会变得无所适从，往往带着"反正不违反规定，没人会指责"的从众心理蒙混过去。

这一点，恰好在阪急电铁和神户电铁发生的事情上得到证明。1999 年，两条铁路线改革了"优先席"制度，设全车厢为"优先席"，以鼓励大家更多地让座给需要帮助的人。但遗憾的是，2007年10月29日，铁路方面不得不退回到原先的制度。因为每年都有数十位需要帮助的乘客投诉说没人让座。而以日本人不爱声张的性格来分析，实际上得不到帮助的人一定更多。

回头来看，中国车厢里的混乱问题固然需要解决，但很多人，尤其是外来客忽视的中国人的坦诚和质朴也值得珍视。年轻人主动让座，高龄者欣然接受——每当看到这样的情景，我就会想，被日本放弃的"全车厢优先席"理想，其实在这里已经实现。其背后包含的不是冷冰冰的规定，而是活生生的热忱。

为了2010年的上海世博会，中国许多有识之士都在批评国民的坏习惯，呼吁大家学习"文明礼仪"。对此我举双手赞成，但同时又觉得不必过分焦虑。学习西方礼仪非一朝一夕之事，何况中国本来就有一些礼仪与好习惯。吸取他国长处的同时不应丢失自己的特点，就像地铁上让座的青年那样轻松表现，外国人总会感觉到的。

（摘自《读者》2009年第15期）

含泪奔跑的阳光少年

阿 励

父亲因车祸去世，母亲随之瘫痪，短短一个月内，世间所有的苦难都降临在了年仅4岁的儿子身上。

儿子看着床上连话都说不出来的母亲，说："我有一口饭吃，就不会让你饿着。"于是，儿子开始学着煮饭。面条做不了，就煮粥吃。锅台高，够不着，他便踩着小凳，趴在锅台上，时不时被沸出的米汤烫伤小胳膊。常常，家里连一粒米都没有，邻里实在看不下去，便会递去一个馒头，但儿子总是拿到母亲床前，"连哄带骗"让母亲吃了，而自己，转身在灶房里舀一瓢凉水，算是对付了一餐。

看着二人实在难以为继，孩子的外公外婆便将母子俩从内蒙古额济纳旗接回了甘肃平凉，借住在亲戚家。可时间不长，他们就成了亲戚眼中的包袱。一辆破旧的手推车将母子俩拉出。眼看要流落街头，好心的大妈腾出自家看守菜地的那间不足3平方米的小草房，那便又成为二人栖身之所。两年后，母子俩不得不搬出摇摇欲坠的草房，租住在另一间四处透风、不足5平方米的伙房内。

儿子渐渐长成了大小伙，母亲感到多有不便，就再不让儿子为自己擦拭全身，儿子急了，第一次埋怨起母亲："常年卧床容易生褥疮，你不让我擦，难道要我背上不孝的骂名吗？我再大，就算把媳妇娶了，娃生了，我还是你儿。"母亲拗不过儿子，就微笑着默认了，但心里却泪雨滂沱。

母亲常常想，再不能拖累儿子了，早一天死，儿子早一天解脱。但儿子争气，年年是学校的"三好学生"，进入初中、高中，学习也未曾落下，临近高考，还是班上的第十一二名。因此，母亲心中的绝望也渐渐被希望代替了。

但儿子的苦却没有任何人能分担。一天晚自习后，儿子赶往家中，脚步越来越沉重，十多年的艰辛一幕幕涌上心头。此时，天开始打雷，雨倾盆而下。儿子跪在马路上放声大哭："苍天啊，你咋就这么残酷！"此时，一道刺眼的闪电击到一棵大树上，树着了火。刹那，儿子脑中突然闪过"凤凰涅槃，浴火重生"的念头，精神为之一振。

儿子从此不再流一滴眼泪，但在残酷的现实面前，母子俩的生活依旧难以为继。因为欠交几十元房租、电费，房东掐了他们的电。悲愤之余，母亲决定外出乞讨。拄着拐杖，在儿子的搀扶下，母子俩爬上长途汽车去了西安。可真坐在了西安街头，母亲怎么也伸不出手。一连3天，没要到一分钱，也没吃上一口饭。狠狠心，母子俩花3.5元买了一碗面。可娘俩你让我，我让你，谁也不先动筷子。回"家"后，在好心人的指点下，儿子第一次也是最后一次写了一封求援信。

儿子没想到，一封求援信会有这么大的"威力"，当地部队的政委来了，学校的领导及同学们来了，媒体的记者来了……母子俩渡过了难关，儿子也从此多了一门"功课"：每位好心人的名字，都要一个不落地记入那本自制的《恩人簿》。

当母子俩出现在央视《共同关注》栏目中时，回首往事，儿子泪流满面，却又坚定从容。班主任老师称赞他是"顶天立地的男子汉"。"他对母亲的孝行、对母爱的感悟，能净化人的灵魂。以我的阅历，没有人能比。"70多岁的邻居大妈感慨，自己活了这么大的岁数，没见过他这样的孩子。他最要好的同学红着双眼："以他的成绩，考一本绝对没问题，但他想的却是去不去读大学，他说过，'我走了，母亲怎么办?'"

这位让所有人都欷歔感慨的儿子名叫张晓，2007年甘肃省五四青年奖章获得者，平凉市团委号召全市66万名青少年学习的楷模。有记者问："张晓，你是怎样熬过这么多苦难的?"张晓沉默，但镜头里，张晓那个破旧的笔记本上，清晰地写着一段话："真正的强者，不是流泪的人，而是含泪奔跑的人。"

（摘自《读者》2007年第20期）

爱，点燃了心灵的圣火

吕雪莉　文贻炜　郑　黎

可以放弃生命，但不能放弃爱

罗南英是青海省乐都县高店镇河滩寨中心学校八年级的语文老师，生命的年轮刚过了 29 圈，就不幸患上了白血病。2005 年 3 月，她和丈夫一起来到宁波治病。

值得庆幸的是，罗南英很快被医院告知找到了骨髓配型，她的病有希望了。然而，将近 60 万元的治疗费却像比大山还重的负担，一下子封死了她的生命之路。无数个辗转反侧的不眠长夜之后，罗南英无奈地选择了放弃。

放弃治疗，意味着生命随时可能画上句号。刚强的罗南英要给 3 岁的儿子留下遗产——从教 8 年，所有的积蓄都耗在了治病上，她的"遗产"只有她的爱。于是，罗南英把对儿子的思念和爱凝聚到笔端，开始给儿子写信。

她要让儿子同别人的孩子一样，在成长的每一个阶段都不缺少母爱——

鹏鹏，我亲爱的孩子：

当你能够独立看懂这封信的时候，妈妈也许已经离开你了。现在咿呀学语的你才3岁，妈妈不幸得了白血病，不能陪你很久了，可是妈妈多么希望和你在晨曦里、在晚风中嬉戏玩耍，看着你无忧无虑地成长啊！

当你读到这封信时，应该是你10周岁的生日了，妈妈祝你生日快乐！

孩子，妈妈对不起你，在你这样年幼的时候就离开你。但是妈妈会写许多许多信留给你，在你每个生日到来的时候，让爸爸读给你听，识字以后你也可以自己看。虽然那时我们已是阴阳两隔，但妈妈会在天上看着鹏儿一天天一年年快乐、健康地长大。

鹏鹏：

亲爱的孩子，今天是你20岁的生日，你终于长大了，妈妈祝贺你！

妈妈得白血病时，你才3岁。妈妈得了如此凶险的病，尽管可以做手术，但毕竟凶多吉少，风险大而又需要巨额费用，这笔费用足以让几家人倾家荡产。所以，我选择了放弃。

希望多年之后，鹏儿能理解其中的苦衷！要怨，只能怨噩梦来得太突然！将妈妈对你的许多企盼和心愿击得支离破碎，许多要告诉你的话在匆促之间变得杂乱无章，可是妈妈决意要将真实的爱留给你，请你理解并坚强地面对生活！

孩子，但愿爱能跨越时空的界限，把妈妈的殷殷关怀传递到你的身边！

鹏鹏：

这是写给你29岁生日的。写这封信时心里有种难言的感觉，因为再过几天，也是病中的妈妈29周岁的生日了。

29岁，妈妈的一生短暂而又平凡，却因为活在爱和被爱里而无憾。

妈妈有幸成了一名人民教师。尽管只在教育战线上工作了8年，也没有取得什么骄人业绩，人间的真情妈妈还是充分地感受到了。每当病情不太好时，妈妈的眼前总会浮现出领导、同事还有学生们在送我外出治疗时企盼的眼神和挥动的双手。那时我才知道，我深深地爱着我的职业、我的同事、我的学生；而他们，也深深地爱着我！

年年岁岁，花开花落，世间万象纷繁变迁，唯一不会改变的，是真诚的爱！

城市为母爱而感动，生命因城市而新生

已经选择了放弃的罗南英打点好行装准备回青海，医生希望她再留几天。就在这期间，罗南英看到了《宁波晚报》上关于《给孩子的一封信》的征文启事，于是她将自己给孩子写的信寄到了《宁波晚报》编辑部。6月26日，《宁波晚报》选发了罗南英写给儿子的几封信。这位来自青海山区的年轻母亲，在离别人世前所表达出来的拳拳爱子之心，一下子感动了宁波城。

深深母爱引来爱心如潮。一时间，信件、捐款像雪片般飞进罗南英的病房，一个个、一家家、一群群慰问、看望她的素不相识的人，带来了鼓励和祝福，也带来了新生的希望。

全国劳模、出租车司机夏慧星将5000元现金捐给了罗南英。他说："这5000元是主管部门给我的奖励，我觉得转赠给需要帮助的人更有价值。"

一位女士来到医院，给罗南英带来了捐款和一首诗："……一封封写给孩子的信\云朵一样飘了过来\我们伸出手臂\接住的是泪雨\奉献的是绿叶……"

一位和罗南英同龄的女士说："我也有一个3岁的调皮的小男孩，这点钱可能挽救不了她的生命，但也许可以延长她的生命，哪怕一小时，一分钟，希望可以给孩子更多幸福的回忆！"

一批又一批探望的市民，有的是全家结伴而来，有的是从百里外的郊县赶来，有的来了一次又一次，人们送来烧好的菜肴，捎来可口的点心，献出祖传秘方。可爱的孩子们有的捐出了零花钱、压岁钱，有的上街义演为罗阿

姨募捐，他们说得最多的一句话就是"要为鹏鹏小弟留下妈妈"。

短短 6 天，罗南英夫妇在病房里直接收到现金 15 万元，而在同一时间，《宁波晚报》编辑部收到的捐款超过了 45 万元，最多的一天达 20 万元。7 月 3 日，《宁波晚报》刊登消息说，罗南英的捐款已超出 60 万元，医疗费够了。然而仍有许许多多的市民赶来，留下地址和电话，表示只要需要，他们将继续捐款。

更为可贵的是，纷至沓来的两千多位捐款人中，80%以上不愿留下姓名。有一位捐款 5 万元的先生，面对接待人员的再三询问，只轻轻地回答一声"姓周"，便转身离去。翻开厚厚的捐款记录本，写的大都是某先生某女士，有的写着"顺顺"什么的，一看就知道是化名。

得知消息的家乡人民也向这位年轻的母亲伸出了援助之手，力所能及地为罗南英献出自己的一分爱心。

"我每天都生活在感动中，宁波人民给了我真情，家乡人民给了我坚强。我是幸运的，因为我实实在在地感受到了人间的真情。"记者采访时，在宁波市第一医院接受治疗的罗南英情难自抑地抽泣着说，"拥有了这么多的爱，我知足了。希望所有的人都爱自己的父母，爱自己的亲人，让爱成为世界上最美丽的语言。"

因为爱，我们从未孤独

这些日子里，罗南英整夜难以合眼，夫妇俩一谈起宁波人民的善良和慈爱，便止不住泪眼婆娑。罗南英说："我从未给宁波做过贡献，素不相识的宁波市民却给了我这么多关爱。感谢这座城市，感谢我们这个时代！"

无以为报，病中的她提笔给宁波市民写信——

善良的宁波市民：

请接受我——一名普通教师、一名平凡母亲最诚挚的谢意！我和我的家

人将永远铭记在宁波这座充满爱心的城市的所有经历。

自从《宁波晚报》刊出我写给孩子的 4 封信后，我那小小的病房几乎成了爱的海洋。我的初衷只是想给孩子留下一些爱的纪念，却引来了你们如潮的爱心！一张张陌生却又真挚的笑脸消融了我绝望中的悲哀，一双双温暖而真诚的手扬起了我希望的风帆！

几天来，我和我的爱人常常是泪水纷飞如雨，因为深深的感动，因为强烈的震撼！哪一个人不是在勤勤恳恳地做着自己的工作？哪一个父母不怜惜自己的儿女？而我却因为这样朴素的理由获得了你们的资助和抚慰，我怎能不深深地感恩！但是善良的人们啊，你们为什么不肯留下姓名？如果有一天我因为你们的爱幸运地活了下来，那除了记忆里你们温暖的容颜，却没有名字可以让我记住你们。

那个让外婆把瓷娃娃储蓄罐带给我的幼儿园小朋友，谢谢你帮助鹏鹏弟弟挽留妈妈，我会把它一直带在身边，让它伴随我渡过难关，因为那是一个孩子对一个母亲真诚的鼓励！那些年迈的叔叔阿姨们冒着酷暑专程来到医院给予我关怀和支持，就像父亲和母亲对待生病的女儿一样语重心长，细致入微。还有让我印象深刻的"特殊"的一家：父亲没有健全的身躯，但一家三口是那样甜蜜和幸福，他们的到来更加坚定了我战胜病魔、回到亲人身边的信心……未曾谋面的默默支持我的人们，我该如何报答你们！

宁波市教育系统一位不肯透露姓名的捐款者说："罗南英的故事是宁波文明发展的缩影，我为这个城市的经济而骄傲，更为它的文明而自豪。因为我们生活在一个充满真情的时代，因为爱，我们从未孤独。有爱就有希望！"

一位采访罗南英故事的记者写下了这样的话：爱，是暗夜里的烛光，是荒原上的星火。我们可能会因穷困而窘迫，却会因爱而坚强；可能会因命运的打击而哭泣，却会因爱而充满希望。爱，点燃了我们心灵的圣火。

（摘自《读者》2006 年第 12 期）

一个房奴的独白

王开岭

三年前，我开始策划那个梦想：在这个没有边界、连鸽子的脑雷达都会失灵的城市里，搭一处自己的巢。这是个弱不禁风的梦想，如果在北京，你就会承认这一点。

参加过无数房展，可每次都从那巨大的鼎沸与喧嚣中逃离，旗子、喇叭、传单、概念、数据、飘带……旋涡里有股暴乱的戾气，一踏进去就有种不祥，惶恐，大脑缺氧。沙盘楼景都像草莓蛋糕一样诱人，但我知道那不是诺言。我没有照妖镜，无力识别传说中的那些陷阱和烟雾，我不是人家的对手。我害怕复杂，我三十年的快乐全仰仗简单和清晰。

终于，我买下了自己的楼花，那个叫"诗意栖息"的画饼。我定的是九十平方米的那种饼。

不挑拣了，固执的感觉真好。我悲壮地接过笔，在一沓房贷书上画押签名。除去首付，还有四十万人民币贷款，二十年还清。二十年，按世界妇女的平均寿命，我还有两个二十年。那一刻，我有一种"生活，真正开始了"的激动，再不用失魂落魄地出没于房展会了，再不用苍蝇般叮那些蛋糕沙盘了，再不用心如乱麻地怀疑自己的智商了。我发誓，本小姐此生决不再购房。

别了，开发商。别了，万恶的房展会，见鬼去吧。

然后我打车直奔那块堆满垃圾的地皮。既然破败，那就深情地欣赏它的破败吧，还有荒凉之上矗立的宣言："诗意栖息，天堂隔壁！"不对，那个字怎么错了啊？开发商竟把"壁"写成了"璧"！

四百多个日夜过去了，荒凉之地终于长出了庄稼。虽然距"天堂"很远，但我不失望，因为未奢望。收房那天，别人都带着水盆、卷尺、锤子、乒乓球、计算器……我知道，这些整套的收房工具都出自网上的理论仓库，是正规军装备。我赤手空拳，根本不打算遇敌。事实上，啥硝烟也没闻见，没谁顾得上和开发商切磋，大家都乖乖地交钱、开单，收款台前长长的队伍像幼儿班孩子一样排着。

从此，兜里多了一串有分量的钥匙。这是楼板的分量，也是"业主"一词的分量。虽然分量的大半还攥在银行手里。

白天，我更加玩命地工作，每月多做半个片子。我要为银行加班，我要为房子效劳，我要为它奋斗终生。一到晚上，房子就为我效劳了，它像一个松软的鸟巢，收藏我的疲惫。总之，入住的头两个月，整体上还算是"痛并快乐着"，可渐渐地，快乐像咖啡沫一点点消去。

房子位于五环外，一段地铁加一段城铁加三站公交，到单位往返三小时，加上京城著名的"首堵"，每天上班都感觉像是在出差。回到小区，夜色已浓得像酱油，二十七层的电梯门徐徐打开，只觉得头晕，晕机晕船的恶心。房门在身后"砰"地扣锁，我意识到自己进了一个抽屉，一个昂贵的抽屉，一个冰凉的悬空的抽屉，一个不分东南西北的抽屉，一个闷罐无声的抽屉……我弄不清我究竟是生活在里面，还是躲在或被关在了里面；究竟这抽屉属于我，还是我被许配给了这抽屉。我感觉自己就像只蟑螂或小白鼠，是被强塞进来给抽屉填空的。究竟谁消费谁，谁支配谁呢？我有点恍惚了。也不知道周围的抽屉里都装着谁，或者空空荡荡……原以为有了这样一个抽屉，生活就此开启，可为何仍无"到位"的感觉呢？一切如故，没有变。

这个小区，按北京流行的说法，乃名副其实的"睡城"。也就是说，大家在这儿的所谓生活，主要就一项：睡觉。早出晚归，来此就是住宿，别的谈不上。全是塔楼，形体、高度、外观清一色，楼距很小，没啥闲地可遛可看，连狗都不愿出门。或者说连狗都惧怕出门，因为一旦和主人走散，就甭想回来了。

那么，我倒霉的抽屉，所谓的家又如何定位呢？有一次走在楼下，我突然意识到这个问题。仰头望，我发现其实根本找不见自己的窗户，我举着手指，嘟囔着数层，直到头晕目眩，也没敲定二十七层的位置。所有的窗户都表情一致，那是一种嘲笑的表情，它们在嘲笑我。你尝过站在自家楼下却愣是看不见家的感觉吗？这感觉让人发疯！

这么说来，我辛辛苦苦挣来的家，不过是城市里的一片马赛克？一块带编号的砖？一块署名的瓷片？每天的所谓回家，难道只是走回那个编号，像进电影院般对号入座？唯一的区别就是我买的是年票——五十年通票！

除了那串编号，我还能用什么来描述我的家呢？我还有让别人找到我的其他方式吗？我甚至想，如果某一天我突然失忆，老年痴呆，或其他原因忘了那个编号，我怎么回家呢？

小区的网上业主论坛我很少看，最近进去竟吓了一跳，那儿已变成了滑铁卢！无数人在厮杀，无数帖子在冲锋，无数口水在飞舞，混乱得像台湾选举。原来都是自来水惹的祸，小区自来水发黄发浊，早就是事实，开发商称已申请将自来水转为市政水，可迟迟按兵不动，清理水井的承诺也未践行。奇怪的是，明明大家有一个公敌——开发商，可到头来竟同室操戈，变成一场业主内乱。还有就是讨论水样检测、组织抗争需要的经费，是靠自愿集资还是公摊均担……

可我渐渐发现，这波澜仅仅局限于网络池塘，现实中没丝毫响动，仿佛一切都发生在梦境里。

在这个如火如荼的池塘里，我没有敌人，也没有朋友，除了拉动一下鼠标，俨然一条眯眼睡觉的泥鳅……一位同事说："正因为你没有敌人，才没有朋友！"他还说："知道什么叫生活吗？生活就是博弈！"

我采访过一位行为艺术家，叫莽夫。他问："买房了吗？"我说买了。"贷款？"我点点头。他叹口气，有点可怜地望着我说："有一天，午睡醒来，发现玻璃外面趴着一只蜗牛，蜗牛——真是奇迹，这地儿还能看见蜗牛！开始我多么感激这蜗牛，它终于让我有事做了，可看着看着，我觉得难受，视觉上不舒服，它爬得如此慢，如此费力和辛苦，就是因为它要驮着自己的房子过一辈子，它要为那个壳终生服役。我才不那么傻，我不买房，我不能让一个壳子来剥削我，我不能背着房子走路，那样我会把魂都丢了的。"

我隐隐动容，这是个了不起的家伙。他的话很玄，带着股神谕或暗器的风力。

"但你总要有自己的房子吧？"我问。

"那我就回家种田去，在自家地里建房。"他满脸兴奋，仿佛这是个早有答案的问题，"回老家去，我是农村户口，我家里有地、有菜园，我要砌一座真正的房子，不是你想的那种别墅，是我们老家最普通的那种，那才叫真正的房子，连天接地，坐北朝南，有鸡飞狗跳，有春夏秋冬——你住几层？"他突然想起了什么。

"二十七层。"我有点心虚了。

"唉，"他又悲天悯人地摇摇头，"知道吗？你们现在住的只能勉强叫'房'，根本不能叫'屋'，更不配叫'宅'。'屋'是四壁完整、基顶俱全的一个独立系统；而'宅'是有院落的，屋前屋后，有树有景，那是个更生动丰富的系统。现在的房，叫'房'都有点夸张，充其量是一个'位'，如同公共汽车上的一个座，车厢就是整个楼……还有，人无论如何都不能住得比树高，这不合天道，你想啊，会飞的鸟也不过是住树这一层。上苍造树，就是为生灵挡风避雨、蔽日养荫的，你住得那么高，树的这个功能就浪费了，或者说，树的这个道德就不见了，这等于违反造物之理，辜负天道美意。悖天行，则命短……"

我听得傻了说不出话。想逃，可拔不动腿。

"吓着你了吧？嘿嘿，别怕别怕。"他收起智慧，又恢复了邋遢与憨厚。

"我又不是灵芝仙草，住这么滋润干吗——你懂风水？"我问。

他摇头说，上面那番意思是他这三十天看高楼大厦看出来的。

后来他又说什么我忘了，除了一句。他说："人不能给自己造一座山。"

是啊，房子源于山水草木，乃大自然赐予人的礼物，可它何时变成人身上的一座山了呢？人对房子何以变得敌视？人何以变成自己工具的工具了呢？

我们还有能力让事物恢复它的本来面目吗？

我们还有足够的睿智和灵性唤醒和被唤醒吗？

（摘自《读者》2008 年第 6 期）

镌刻在地下 500 米的母爱

夏 明 小 春 顺 军

湖南冷水江东塘煤矿瓦斯大爆炸，震惊全国。谁也不能忘记井下那悲惨的一幕——一位女矿工身体僵硬地斜倚井壁，一只手捏着鼻子，另一只手斜搭在湿润的井壁上，井壁上依稀可见几个字：儿子，读书……

这位母亲叫赵平姣，矿难发生时 48 岁。谁能想到，在不见天日的煤井深处，她已弓着脊梁爬行了 13 年。

1993 年，赵平姣的丈夫陈达初在井下作业时被矿车轧断了右手的三根手指。此后他只能在井上干轻活，收入少了很多。为了供女儿陈娟、儿子陈善铁上学，赵平姣决定自己下井挖煤。陈达初惊讶不已，自古以来，哪有女人下井挖煤的？而且下井太危险，早晨还是个大活人，说不定什么时候就变成了尸体！赵平姣却非常坚决——不能耽误孩子上学。

虽然有文件明确规定禁止安排女职工从事矿山井下劳动，然而工班长还是发给了赵平姣一身工作服。煤矿需要劳动力，但管理并不规范。

　　1996年，陈达初身体基本好转，能够下井了，他求妻子不要再下井了。但赵平姣说："达初，别看现在我们每个月能挣一千多元，日子过得轻松了些，可不攒一些钱，以后怎么供孩子读大学？"陈达初想到儿女们马上就要上初中高中，听说上大学一年需要一万多元，只好不再吭声。

　　几年过去了，陈达初望着劳累过度、日渐衰老的妻子，再次劝她不要下井，或者自己去干背煤的活儿，让妻子做比较轻松的推车活儿。赵平姣说："我的身体比你还好呢。如果你不放心，就让矿里把我们安排在一个班。"她的声音有些哽咽，"其实，我也放心不下你呀！你去上班时，我心里总是七上八下的，整夜整夜地睡不着。如果上同一个班，我们就能互相照应。孩子们大了，即使真的发生意外，他们也能照顾自己了。要死……我们也要……死在一起！"

　　因了这个悲壮的誓言，此后每次下井前，赵平姣夫妇都会站在井口边互相凝望一下对方，那份生死相依的感情尽在无言的对视中，澎湃在心灵深处……

　　1998年秋，女儿陈娟初中毕业了，她想找工作，但是父母坚决不同意，于是在商议后，她考取了市里一所职高。从这一年起，女儿的学费和生活费一年共需要一万余元，儿子上初三的学费一年也要一千多元。赵平姣决定做最苦、最累的活——背拖拖。

　　"背拖拖"是方言，是指在井头处，把煤用肩拖到几十米外的绞车旁。井头是不通风的死角，人在里面根本直不起腰，稍微运动就会气喘吁吁，那里是井下最危险的地方。

　　从此，赵平姣在井里总是蜷缩着身体爬行在井头，艰难地将一百多公斤的煤拖到绞车旁。因为是计件算工资，这位体重仅45公斤的母亲，想的是要拉更多、更多……

　　2005年秋，儿子陈善铁以优异的成绩考上了华中农业大学，赵平姣激动不已。送儿子上火车之前，她叮嘱道："儿子，好好读书……每年的学杂费和生活费，妈会为你准备。妈知道你节约，但你千万不要亏待自己。妈身体还好，还能下井……"陈善铁噙着泪水不停地点头："妈，你和爸也要多保重……"

赵平姣不愿让儿子在大学里因为缺钱受委屈，她决定坚持到儿子大学毕业再退休。夫妻俩满怀希望地憧憬起退休后的日子：老两口种种地，和儿女打打电话……

然而，就是这样简单的愿望，竟被一场突如其来的厄运砸得支离破碎。

春节后，矿上挖到了一片好煤层，这种煤比普通煤每吨要贵两百多元。矿主决定日夜加班挖煤。但是，这种煤层含有高浓度的瓦斯，井下已不时暴露出瓦斯泄漏的一些征兆。然而在高额利润的诱惑下，矿主把安全抛之脑后，仍旧要工人加班加点。2006 年 4 月 6 日下午 3 时，赵平姣和丈夫有说有笑地向煤矿走去。和每次下井一样，换上工作服后，他们在井口相互看了一眼，目光中饱含着夫妻俩相濡以沫二十多年的恩爱和默契，也饱含着祈祷和企盼：下班走出矿井时，夫妻俩可以看见对方安全地站在眼前。

夜里 10 点，矿井深处突然传来一连串沉闷的爆炸声，大地剧烈地抖动了几下！"出事了，肯定是出事了！"陈达初拔腿飞快地往井下冲。此时，巷道里浓烟滚滚，瓦斯夹着煤灰像飓风般从下面喷涌而出，呛得人几乎窒息。陈达初只有一个念头——把妻子救出来！他一次次往矿井深处冲，强烈的气流却一次次把他推出来。

无边的绝望像滚滚的煤灰，疲惫不堪的陈达初"扑通"一声瘫坐在矿井里，他的脑海里全是妻子：她在哪里？她怎么样了？这时，另外两名矿工发现了他，冲上来使劲往外拉他。陈达初大声吼："孩子他妈还在井下！"说着推开二人，转身又要往井里头冲。两个矿工又拉又拽，最终还是把他拉上了地面。

矿难发生后，井下 14 名工人只有 5 人逃过劫难。经过 7 天 7 夜的紧急搜救，人们在井下找到了赵平姣的遗体。赵平姣死在离丈夫找她时所到处仅二十余米的地方，她似乎知道自己无法逃过死亡劫数，没有继续往上爬，只是用一只手捏着鼻子，另一只手斜搭在湿润的井壁上，那里，依稀可见她在生命的最后一刻，用手指刻出来的几个字：儿子，读书……

一位母亲，在黑暗的矿井下，在孤立无援的最危急关头，以这样的方式向她的孩子和丈夫作最后的告别。在场的搜救人员被深深震撼了！

"20米，只有20米呀！"面对妻子的遗体，陈达初使劲地抓扯自己的头发，痛哭不已。他痛恨自己没有冲上去把妻子救出来，更恨自己没能在最后的时刻信守那个悲壮的誓言——死也要死在一起！

陈娟和陈善铁接到噩耗后赶回家里，母亲已经长眠地下！姐弟俩抱头痛哭："妈妈呀，您为了我们，没过上一天像样的日子呀！"

5月2日，陈善铁又从武汉华中农业大学回到家乡祭奠母亲。残阳如血，苍山含悲，大大小小的山峰笼罩在一片血色之中。他四处张望，满山找不到母亲的身影，却又觉得漫山遍野都是母亲的身影。"儿子，读书……儿子，读书……"晚风轻拂，仿佛是母亲泣血的教诲，萦绕在耳边。

（摘自《读者》2007年第4期）

一个骆驼连长的故事

佚 名

在新疆一片沙漠深处，驻守着一支特殊的连队。连队四周，除去茫茫的沙漠，还是茫茫的沙漠。连队的主要交通工具，就是两辆汽车和 16 只骆驼，偶尔发现一两株盛开的骆驼花，才知这里也有顽强的生命。

连长是个典型的北方黑大个，整天带着兵们骑着骆驼，巡视在千里边防线上。这几天，黑大个连长心情格外好，因为两年没见的妻子，就要来队探亲了。

连长嫂子要来的消息，首先在连部传开了，连指导员半开玩笑地对连长说："两年没见嫂子了，到时我叫通讯员将你的行军床加宽加固。"

兵兄弟们知道了，便七手八脚替连长收拾好了"二人包房"，还破例用木栅栏，围起了个女厕所。通讯员没有将行军床加宽，却将床的四支脚加固了。

黑大个连长根据妻子从老家北京发来的起身电报时间推算，最多再过两天，妻子就会到达连部，到那时，他可要好好和妻子温存温存，说说心里话，说说淘气的儿子……

可谁知，这时，全国上下，"非典"疫情扩散开来。团首长给骆驼连下了死命令，任何家属来队探亲，先要隔离 15 天，确诊没有"非典"等传染病后，方可进驻连队。

黑大个连长接到命令，心情复杂极了。但军人以服从为天职，况且妻子又是从疫情严重的老家北京赶来，到时妻子真有个"非典"，传染给战友，自己岂不成了千古罪人。

眼看妻子还有一天就要到连队了，于是黑大个连长命令士兵们加班加点，一天内，在女厕所旁加搭了一个临时隔离房。连指导员要求通讯班在隔离房内，安一部专用电话，好让连长和他妻子热线联系。

连长妻子来了，指导员准备的连队欢迎仪式也因此取消。妻子被团卫生队的军医，用骆驼驮着，送进了隔离房。

按规定，连长没有去见妻子，但他们在专线电话里，说起了家，说起了相思之苦，说起了儿子，说起了才入伍到这里的新兵蛋子如何哭鼻子……连长和妻子，就这样手拿着电话，说了一夜。

第二天，连长在电话里告诉妻子说，反正你现在也在隔离期间，我正好带战士去边防线巡逻，到时回来，你隔离期也满了，我们好好团聚团聚。

连长妻子说，那你可要保重，等你回来，我把你身上的军衣，好好洗一洗。

新疆沙漠天气就是怪，忽而晴天大太阳，忽而漫天大风还夹杂沙尘暴，遮天蔽日，令人窒息。

连长带领的兵们，骑着骆驼，在千里边防线上，巡视着祖国的一草一木。渴了喝点袋中的水，饿了咬几块压缩饼干，累了困了，就和衣躺在骆驼身边睡上一觉。

一天、两天、三天，一个星期过去了，黑大个连长和兵们巡逻完了边防线，起程往回赶了，连长掐指一算，回去时，妻子也将解除隔离。

　　然而，就在他们往回赶的第三天，天气突然变了，狂风席卷着黄沙，像是把人要吹倒似的，巡逻队员们只好从骆驼背上下来，牵着骆驼，深一脚浅一脚往连部赶。突然，连长在一个沙坡上一脚踏空，顺着沙坡往下滚去，滚到底，连长的头重重碰在了一块岩石上，血立刻喷溅出来。

　　巡逻队员们哭着、喊着，连滚带爬赶到连长身旁，大个子班长扶起连长，手忙脚乱地给他止血，可是，伤口太大了，血怎么也止不住，在大家的呼唤声中，连长永远闭上了双眼。

　　连长的骆驼也不知啥时，悄悄来到连长遗体旁，用嘴不断地拱着连长，像在说："连长，你起来，我驮你走。"

　　巡逻队员们分明发现，连长骆驼的眼中，闪着泪花。

　　巡逻队员们带着连长的遗体回来了，连长的妻子也经军医观察，排除"非典"，身体正常，解除了隔离。

　　但她千里迢迢来看到的，却是丈夫的遗体。

　　连长妻子哭得昏了过去，醒来时对指导员说，能不能让战士们将连长的衣服脱下，我说过，回来时，我要帮他洗干净这身巡逻衣。

　　指导员说，怎么不可以。我们还要列队欢迎你来队探亲，列队欢迎连长巡逻归来。

　　随着哨令的吹响，大漠深处一百多名军人，一百多条汉子，齐刷刷站成两排，一百多条枪对天鸣放，欢迎他们连长归来和他妻子的到来。

（摘自《读者》2004 年第 8 期）

乔和他的惜命老婆

徐伟志

乔的老婆梅很惜命。

她订阅的报纸杂志中有许多医疗保健类的。每次来报来刊，她都看得十分仔细，并在她认为需要引起乔注意的地方，画上粗粗的线，放在乔常坐的桌上。

晚上，她会问乔，看了吗？什么？我问你看那篇文章了吗？什么文章？就是那篇关于如何控制饮食，预防高血脂、心脏病的文章呀！还有那篇吸烟与肺癌发病率的报道！哦？没注意。乔总是这样淡淡地、心不在焉地回答。这时，她会感到有些失望，因为乔从来不重视那些文章。可每天，她还会照常放在他面前。

乔多少有点故意，觉得她小题大做，报纸上关于保健的文章最招他烦，今天说香菇木耳可以防癌，明天又说草酸太高不宜多吃；一会儿说吃肥肉脂肪类会发胖容易引起高血脂心脏病，一会儿又说常吃脂肪可以长寿。他认为，什么事情只要适当就可以啦，过分讲究只会让人无所适从。

梅是个护士，具有强烈的洁癖。所以，从他们共同生活的那天起，乔的一切起居生活便发生了翻天覆地的变化。不洗脸刷牙上床是绝对不行的！回家的第一件事就是洗手！打开床罩后，必须脱掉外面的衣服才能坐下去；从外面买来的酱油瓶子，必须用肥皂水洗过才能用；香喷喷的烤鸡买进家，你想用手捏一块来尝，休想！背后立马一声狂吼：洗手去！我才刚洗的呀？我知道，可是你刚才又摸那个塑料袋啦！

梅不光惜命，甚至怕死。

她常做梦，多数是好玩的梦，自己咯咯咯地笑醒了。但有时也会梦到死亡的情节，每到这时，她会在醒来的一瞬两眼充满恐惧，然后，在未来的两天里，很神秘地对周围亲近的人说，哎，我梦到谁谁谁死啦，会不会有什么预兆呀？真可怕！这时，乔会不屑一顾地说，别瞎说了，没事。那几天的时间里，她做事会很小心，轻手轻脚地，仿佛怕惊着了阎王爷。

每次坐乔的车，她会自觉系上安全带，两眼注视前方，嘴里不停地说着，慢点，开慢点，当心啊，前面有人！注意红灯啊，坏了，前面有警察，你快系上安全带！而乔呢，假装什么都没听见，笑笑，依旧开他的车。其实乔的车技很好，属于那种稳健型的司机，车开得并不快。

她怕坐长途车，那次从瑞丽回昆明，走滇缅公路，一路山高坡陡，弯多弯急，她坐在窗边，两眼发直地盯着外面，看着深渊下的江水，身体使劲往里倾斜，害怕自己会被甩出去似的。

天黑了，外面什么都看不到，可她还是紧张地向外张望着，仿佛车子时刻会掉入那个根本看不见也不存在的深不见底的峡谷中。在近十个小时的路程中她就这样一直睁大着眼睛，提心吊胆。而乔呢，一路呼呼大睡。

她更怕坐飞机，从飞机进入跑道的那一刻起，她的手心就浸湿了。飞机在云层中颠簸的一刻，她的脸转向乔，鼻尖沁着汗水，五官有点变形，那神情分明大写着"害怕"两个字。直到飞机落地的时候，她那攥着的拳头才松开一点，脸上的笑容慢慢回来了。

她是保险推销员的朋友，遇上她这样的顾客，那真是保险公司的福气，就像福利彩票遇上了赌徒。虽然工资不高，可她各种保险真没少上。什么大病医疗险、健康长寿险、养老分红险、意外伤害险，足足有五六个。连乔都不知道她究竟上了多少险，受益人是谁？假如她真的出了事到哪里去理赔！问题的关键好像不是要保险，而是怕出事！似乎保了险就不会出事啦。

可越是怕出事，事却偏偏越要来。

正当春暖花开的季节，一场可怕的瘟疫席卷神州大地。

电视报道一种叫作非典型肺炎的疾病，开始在广东、香港等地蔓延。从官方统计的数字看，乔大致算了一下，病死率达 4%~5%！传染的比例更是高得吓人，连那些治疗病人的医务人员也难逃魔掌。其中一个号称"病王"的病人，转了三家医院，传染了一百多个医务人员。

乔不禁为梅有些担心了。因为梅在一家小医院里当护士，负责给病人打针，如果医院有一例"非典"病人她最有可能与病人发生直接接触。那意味着什么？意味着你将进入一场高概率死亡的游戏！

晚饭时，乔对梅说："'非典'的报道你注意了吗?"

"怎么啦?"

"还怎么啦！形势相当严重呀!"

"噢，我注意就是啦。"梅很平静。

生活在他们之间似乎颠倒了。平时不在乎的乔显得有些急躁，而平时那么怕死的梅却显得如此从容。

未来的三天里，事态的发展果然被乔说中了。梅的医院开始出现并接收"疑似非典"病人！

梅被调入隔离观察病房，不能回家了。

那天，梅急匆匆赶回家，买回一大堆乔爱吃的水果，还为乔做了一大碗猪肉炖粉条，两人一起吃过饭，坐在那里互相看着对方。

"自己多注意安全啊。"乔说。"放心吧，没事。"梅笑了笑。

"有防护服吗?"

"没有，已经断货了，要等到下周才能送来。"

"真是的！太冒险了！你别那么满不在乎的！传染上就麻烦了。"

"我是护士，就是传染上也没办法，说什么也得上呀，这是起码的。你不上谁上。今天蒋大姐盯了一天，人家本来都该退休了⋯⋯"

梅的眼睛依旧很平静，好像不是去赴一个死亡的约会，而是去参加一个普通朋友的聚会。

那天晚上，乔失眠了，梅却睡得很踏实。

（摘自《读者》2003 年第 14 期）

无怨的青春

李海波

7月，我去了青藏高原。一路过兰州，走青海，到西藏。一进西藏，就像一头跌进了一个雪山的世界。问及这里的特点，碰到的人都咬牙切齿："太高，太冷。"

我们沿着青藏铁路设计线而上，走进这白茫茫的雪山。

当唐古拉山口终于出现在我们的征程前端，风雪和冰雹依然没有丝毫要停止的迹象。那尊遗世独立般的石碑傲然刺向暗黑色的天际。之前关于这条青藏铁路我已经翻阅了许多资料，采访了许多人，但那些故事都是别人告诉我的，无法体会出那种遥远的幽思。于是我告诉他们，我将沿着青藏铁路建设者的脚印，去追寻故事的主人公留在那里的身影。

我踏上了这片土地，我仰望了这片蓝天，然而，我只能以一个局外人的身份来讲述他们的故事，永远也无法把读者真正地带到那样的环境中……

他们为什么选择风雪，选择孤独

一样的青春，一样的知识积累，不一样的是我们可以轻松地坐在明亮的办公室，享受着城市的舒适，体会着"小资"的情调、女友的温柔。而他们只能选择风雪，也选择孤独……这，公平吗？我把这个残酷的问题抛给青藏铁路的建设者们。

索侃社，在勘测十二队他算得上是计算机高手了，这个去年才从西南交大毕业的高才生刚刚工作就上了高原。"有什么不一样呢？反正干我们这一行的，没什么捷径可走。先干满十年外业再说，到哪儿不是一样？也有同学去企业的，去城市的，没啥可羡慕的，他们说不定还没我好。真的，先不说将来可以给人家吹牛我上过青藏高原，就说一句吧，等老了，给儿孙们讲起来，想当年这青藏铁路可是我们……哈哈哈……不过说真的，我想在这里学点东西，难得碰到这么一个好机会。青藏线上的技术问题，嘿，随便拣出来一个，让那些实验室里的学者吓一大跳！等我这条线干完了，我也成专家了。"

停了一会儿，他稍稍带点遗憾地说："可惜，队上没女同志，我们谈个对象难啊。我不着急，可那些弟兄们都快三十了，回一趟家，刚谈一个，没一个月，有任务了，这一去就大半年，不是深山就是高原，完了，回去准没戏。"

这天晚上我们倾心长聊，都是同龄人，他也就敞开了心扉。"说没牢骚是假的，这就不是适合人生存的地方。谈了几个女朋友都吹了，不怨人家，我们这工作就这样，一年两次差，一次六个月，谁也受不了。"

"再说了，待遇也不高，我同学都比我挣钱多。一月工资也就一千多，好在还有高原补贴。可最怕的就是将来回去身体坏了……"沉默了一会儿，索侃社站起来告辞，临出门前，他回头对我说："其实，牢骚归牢骚，明天早上大家还是不要命地干，谁叫咱就喜欢这一行，谁叫咱干的是青藏线呢？"

一个满脸胡茬儿，三十多岁的汉子一声不吭地坐到我们面前，问几句，冒出来一句话。他静静地注视着眼前的那部海事卫星电话，间或有分寸地微笑着，给人感觉坚毅而有心计。他叫杨红卫，勘测三队队长。

杨红卫是那种难得的让人一看就从心底佩服的硬汉子。年初一次车祸，指挥部的雷诺车从悬崖飞出，撞断了24棵碗口粗的树，他却奇迹般生还。"青藏线没干完，我不能死。"在医院躺了二十多天，听说队伍要开上去了，二话没说拆了线。直到晕倒在工地前，还没有人知道他的胸椎压迫性断裂，第三四节胸椎错位。他说："我有好命。"边上的教导员插话了："再高一节就该高位截瘫了，疼起来可要命。吃药，大把吃药，一天好几瓶。""那为啥还在这里干？""干了十来年外业了，舍不得这个工作，也舍不得这些人，大家都像兄弟一样。"

这次勘测任务中，杨红卫本来可以不带队，他是设计院负责后方的领导。但他放心不下这些兄弟们，还有这条他倾注了太多心血的青藏线。

我们来到沱沱河的时候，王铁英已经回家了。

王铁英是带着遗憾含泪离开工地的。从海拔只有四百多米的西安来到近四千米的沱沱河，王铁英经受了炼狱般的折磨。他的身体本来就不是很好，严重的缺氧使他的高山反应来得又急又猛，他没有告诉队友自己已经开始便血。然而，连续两次晕倒在勘测现场让大家开始担心，但每次劝他，他都说"不要紧，休息一会儿就好了"。直到第三次晕倒后，领导决定强行送他下山。离开的那天，他哭了，他说他最后的也是唯一的要求就是和十队的队旗合个影，把自己的名字留在上面。"我要让队旗作证，我不是逃兵，我真的很想坚守在自己的岗位上啊……"

能不能为青藏线的建设出一份力在这里已经成了一种待遇，就像一个战士，既然来到了战场，唯一的职责就是战斗。从冰雪覆盖的唐古拉山到遥远寂静的藏北高原，从喧嚣沸腾的格尔木到人迹罕至的无人区，有 1600 个这样的年轻人虔诚地为这条天路而拼搏。什么青春之失，什么恋情之断，什么畏苦之情，什么思索之念，只要为了这条天路，在他们的眼中，这些似乎都算不了什么，都可以舍弃。正像写在雪山脚下的那句话：你是火炬，就在这纯净的高原上燃烧吧；你是星星，就在这寂寥的天空闪烁吧……

生命禁区里闯进了破禁者

高原，高原，满眼里总是这高原！

没有月光的高原之夜更显得阴森可怕。小刘骑着马在这里已经走了好几个小时，还是没有找到队员们的身影。几个小时前，天还亮着，他到另一个山头去观测，等绘好了图才发现夜色已经降临。无人区时常有野生动物出现，野狼、黑熊、野牦牛……不久前，兄弟单位两个钻探工就被一群狼困在钻井，他们爬上钻杆，"当当当"地敲了整整一夜钻杆驱狼。想到这里，他匆匆上马往记忆中来的方向赶去。

突然，几点奇怪的光亮在前面闪动，忽左忽右。"狼！"他心里一紧，眼看着越来越近了，他想起老辈人说过的野兽都怕火，赶忙从身上找出一个打火机，点了起来。不行，打火机的火焰太微弱，根本不足以吓走它们，他把身上的工作服撕了一片下来。边点火边赶着马往前走，这样边走边烧，工夫不大，身上的衣服都烧完了，裤子也被撕成了一片片。

狼群依然不肯散去，能烧的就只剩下刚刚绘好的图纸和铁道部第一勘测设计院的工作证了，他点燃了绘图纸。

当打火机开始点燃工作证上他年轻的笑容时，他听到了汽车的声音，还有灯光。

当前来寻找的同事们把小刘从马上扶下来的时候，他忍不住号啕大哭……

威胁当然不仅仅来自这些动物，藏北高原隆起在世界屋脊，海拔在 4500

米以上，绝对低温达到-40℃，多风沙，多雪暴。这里的生物善于忍耐，这里的人类的行为充满了悲壮的英雄气概——我所采访的青藏铁路勘测队员们就在这样的自然环境里工作着。

整个青藏铁路几乎有一半是在冻土区，对这些地段的观测和勘察就成了重要的环节。冻土问题不仅是困扰着青藏铁路设计者的难题，更是这些从事具体勘测的青年们的难题。在冬季，青藏高原的氧气含量还不足内地的三分之一，加上-30℃~-40℃的严寒，高原就像一个发了怒的山神一样让人望而生畏。然而，对冻土的勘测必须在冬季进行！他们住在自己搭的简易帐篷里面，晚上戴着皮棉帽睡觉也常常被冻醒，挂在帐篷里的毛巾，到了早上全成了一个个冰条，连做饭也要凿冰取水，更可怕的是极度的严寒导致血管扩张，手上、脸上的皮肤一碰就破，血还没有流出来就被冻在伤口上。一个队员在抓钻杆的时候，发现自己的布手套被冻在了上面，只好换了一双，直到晚上躺在被窝里，手暖热了，感到钻心的疼痛，手上全是血，这才发现原来连手掌上的皮肤也一齐被粘到了钻杆上！

人说"西大滩得了病，五道梁送了命"，高原在他们刚刚来到的时候就无情地给了他们一个下马威。车队刚刚进入五道梁区段，一个队员由于缺氧突然双目失明。4700米的海拔使95%的队员出现了胸闷、气短、头疼、眼花、恶心、呕吐不止、呼吸困难的反应，当即减员将近一半！

在这片生命禁区里面，他们要付出在内地数倍的努力才能够完成每天的工程进度。每天早上6点，天刚蒙蒙亮，他们就扛着几十斤重的仪器步行几十公里来到勘测区。晚上将近9点，在满天星辰的陪伴下结束一天的勘测，回到宿营区，还来不及歇口气，又要赶着统计一天的数据……仅仅20天时间，他们就作出了6000组勘测数据，而在内地这些数据需要3个月！

在指挥部我看到一组数字：进入工地以来，仅乌鲁木齐分院项目部百余人一个月用掉了整整1500副输液器，一个救援司机更是在20天时间跑了1.6万公里来回运送病号，平均每天800公里……

穿梭在格尔木与拉萨间各勘测队的吕大夫拒绝了我们对她的采访要求："你们去采访那些在一线的年轻人吧,他们才是真正可爱的人,不上高原你就不会了解他们在作出什么样的牺牲。"

吕大夫犹豫了一下,接着说:"我们给队员们提出的要求是每天出工不能超过六小时,可你去看看,有哪一个队员不是每天都在十个小时以上?他们也想这条路尽快修通,何况,在高原连续工作三个月,心脏就会逐渐适应那里的环境,变得肥大,而一旦增大后,是没有办法恢复的,他们是用自己的健康和生命在工作……"

来自同一片高原的不同颜色

对同一片高原,在理解它的人眼中,它是辉煌而壮丽的;对于不理解的人,则是苦不堪言令人望而却步的。

我问在冻土队担任工程师的杜世回:"你有没有觉得在这里很苦?"29岁的杜工笑了,不好意思地挠挠头,求援地望向队长,"咋感觉就咋说呗,说实话给记者同志听。"

"要说实话,真苦,也不苦。""怎么说?""这里的环境苦一些,今年春节我们上来的时候,特别不适应,老掉头发。不过现在苦的不是这个了,夏天的青藏高原对我们而言就算天堂了。现在就是想家。春节到现在还没回过一次,我走的时候,女儿刚刚出生,现在应该会叫爸爸了,只能在回到格尔木的时候给家里打个电话,听听她们的声音。那会儿就觉得真是幸福,没啥苦的。"

"她们?"

"是啊,杜工的女儿是双胞胎!这小子,赚大了。"队长说。杜世回又不好意思地挠挠头,一屋子的人全笑了起来。

在这里,什么是真正的苦?环境,生活,还是对家人的思念?都不是。

"没有工作干的时候，你就不知道自己活着是为了什么，那种精神上的无聊才是真正的苦。"十二队的书记张兰革对我们这样说，"说我们傻的人多了，一个月就那么千把块钱，值得这样付出吗？我告诉他们，傻也就傻这一回，青藏线不是每个人都有机会参与的，这种自豪的感觉会让你一辈子都忘不了。"张兰革指向远处，极目望去是银色的山峰，一片静谧的世界，原野上巨大的鹰隼起起落落。"你看，雪峰、草原，多美的风光，等我儿子长大了一定会来西藏，他会指着这里说：那是我老爸他们修的铁路！"

我也把这个问题抛给在同样美丽的沱沱河带队的六队队长温攀德。这里的风光可比张兰革所在的五道梁要好得多，晨光里的江源丝丝缕缕的，一直延伸到很远的天边。那里今天要去一个小组勘测，他笑了笑，带我们来到外边，队员们扛着仪器站在阳光里，红红的一大片。

满脸胡子的温攀德使劲儿拍着自己的胸口，给前些天新来的队员们鼓劲："上得了青藏线的都不是狗熊，来了就得干出个样儿来，英雄狗熊咱区段上见！"

本来觉得有点滑稽，但很快，我看到他们被紫外线烧成黑红色的脸上流露出自豪和自信的神情，那种神情决不是能装得出来的，他们的目光都盯着今天要去的地方——扛着这些几十斤的仪器在海拔 4000 米的地方走上几十公里才能到达。于是肃然。

"什么是生活的强者？来这儿你不强也得强！强者就是什么都能忍，多苦，也得在别人面前挺直了腰板！"

他们用自己的脚步丈量大地，把这个世界的距离缩小，却把人字写得更大。

> 白日黄沙横天啸
>
> 傍晚夕阳平地烧
>
> 挑灯青藏键盘骤
>
> 雪夜惊风寒如刀

这是茫茫雪域的青春之歌，他们——张兰革、索侃社、温攀德、王铁英……他们用自己的血肉之躯在这片净土上写下他们火一样热的青春，就为了几代人的企盼在他们的脚下，在他们的手中成为现实；还有那无法言传只能亲身去体会的青藏情结……这就是骄傲，就是高原赋予他们的美丽的理由。

没有做成父亲的年轻"父亲"

采访即将完成的时候，我以为已经足够了解了这些和我同龄的年轻人。"不，你不了解。"和我们朝夕相处了十几天的司机曾利军说。他已经是第六次走这条线了，然后，我听到了一个故事，故事的主人公叫"小魏"。

魏军昌就要做父亲了。

对将要成为父亲这个事实，他多少还有些不好意思，毕竟他才27岁。

小魏是甘肃秦安人，这个从农村走出来的青年没有辜负爹娘和乡亲们的期望，1998年从西南交通大学毕业后来到铁道部第一勘测设计院外业三队，在家乡那个偏远小山村的乡亲们看来，他在大城市工作，"有出息!"这就够了，而爹娘还不知道儿子在一个远比秦安农村更为荒凉的地方思念着他们。

新婚才十天，青藏线开始了定测工作，作为业务骨干的他匆匆告别了妻子，奔赴队伍的所在地沱沱河。

"放心吧，我身体好着呢，任务一完就回来看你。"临走时，他对妻子说。

2001年5月，回格尔木休整的他接到了妻子的电话。"我要当爸爸了!"一回到驻地，他就把这个好消息和朝夕相处的队友们分享，妻子的预产期在7月。

"小魏，想要儿子还是女儿?"

"儿子。爹娘说了，就想抱孙子。"

"好，生了儿子请我们喝酒！万一是女儿呢？"

"女儿也好，她说了，生个女儿就让咱队长给取名。"

全队都在等着小魏的好消息。7月初，从遥远的那个小山村打来电话：生了，是个女儿。

但是，全队哭成一片——

2001年6月1日，魏军昌由于强烈的高原反应突患脑水肿，十多个小时后，疾驰的车终于将他送到格尔木，然而，他已经永远离开了他深爱着的妻子，离开了他一直挂念的父母，也离开了他一直牵挂着的从未谋面的女儿——原打算在青藏高原一显身手的雄鹰，没等到起飞就折断了翅膀……

他终于没能做成父亲，但他是真正的父亲。

队长给小魏的女儿取名"雪莲"，还不知情的小魏的妻子在电话的那头向队长求情："小魏要是能放几天假就好了，他老早就说想当爸爸了，这次回来一定让他好好抱抱女儿……"

守住明灯

整个青藏线走下来，我们花去了13天的时间。

终点是拉萨。

在布达拉宫那间悬于半空的大殿里，我看到数千盏酥油灯层层叠叠地燃烧着。那种壮观让我怦然心动，然而，当寺里的喇嘛告诉我，这些灯自从布达拉宫建成以后就从未熄灭过，而灯里的酥油全部是由成千上万来这里朝圣的信徒自发添加的，他们用自己朴素的信念让每一盏酥油灯永世长明……这时，我被震撼了，我看到了一种力量和信念的汇集。

一路走过。

"在青藏高原，你也许会发现理想；在青藏高原，你也许会发现希望。"这是青藏线建设者们爱讲的两句话；"我为青藏线而自豪！"这是他们写在每一个工棚上的一句口号；"把自我的提高和青藏铁路的建设相结合。"这是他们与你相熟后掏出的心窝子话。这些平凡的、自信的、洋溢着激情和勇气的话，在天地之间坦坦荡荡地回响……

（摘自《读者》2001 年第 24 期）

沙漠吞噬北方

2004 年，当亚洲第一大沙漠水库——甘肃红崖山水库枯竭时，依赖此水库生存的"沙漠楔子""沙海之舟"、巴丹吉林和腾格里沙漠的天然屏障——民勤绿洲，陷入了生死边缘。

民勤曾有大禹治水到此才大功告成的传说。再看今日民勤，一亩亩良田变为荒漠，一个个村落沦为废墟，还有一群群背井离乡的生态难民。有专家预言，民勤绿洲将在十几年内消失，民勤将成为第二个罗布泊。进而，北方的巴丹吉林、腾格里、库姆塔格三大沙漠将连成一片。中国北方将会成为沙的前沿和沙的海洋。

对我国沙漠化现状，这里只举两个数字就可充分说明问题：全国沙化土地面积约为 174.3 万平方公里，超过全国耕地面积的总和；沙化的年扩展面积为 3436 平方公里。

人沙之斗进行了何止千年，但是人类至今仍然无法控制沙的流动，这一沉默而疯狂的敌人以各种形式吞噬着人类赖以生存的基础。政府执政能力的提高、对环境保护者给予的政策优待、研究与治理的进一步结合、转变当地居民的治沙意识、转变非当地居民的忧患意识，也许就是我们今后不得不做的大事。

今日的治理思路和技术，要经得住明日生态的考验。在张掖梨园河灌区，我国第一个农业节水灌溉试点是为了给下游内蒙古居延海输水，很大程度上节省了当地的生态用水，可怕的是这一流域都是沙化严重的地区；全国治沙女杰宁夏白春兰治理沙化成绩突出，却因植树种草而欠下了一大笔贷款；50 年前新疆、甘肃、内蒙古等地为治理沙漠化所植的树、种的草，因为无水浇灌，如今大部分已经死亡，生态恶化。就连号称"沙漠不倒翁"的胡杨树，今年也大批死去。似乎我们所做的一切，在沙漠的面前都不堪一击。

长江水系生态将濒临崩溃

不久前举行了"保护长江万里行"活动，众专家在考察后直言不讳：长江水系已陷入深度危机，若不及时拯救，10 年之内，长江水系生态将濒临崩溃。

人为因素对于导致长江流域的现状显得尤为突出。中上游地区引进的众多项目大都是污染严重的工业，完全可以用"企业林立，排污口密布，且大都直排入江"来形容。由于当地环保归属地方政府管理，当环保和经济发展发生冲突时，地方政府大多会选择后者；另外，生活污水的排入量和工业污水的排入量相比，有过之而无不及；更为严重的是沿江农业对长江水的污染。据专家估算，农业污染物总量与工业、生活排放的污染物总量相当，解决农业对长江的污染可能比解决工业污染更为艰难。同时，由于沿江植被的大肆破坏导致融入长江的泥沙增多，长江水逐渐混浊起来。近年来，长江会成为第二条黄河的说法已广为流传。

权威统计称，2003 年，长江流域的工业废水和城市污水年排放量已高达 250 多亿吨，其中 90% 未经处理就直接排入长江。结果导致长江水的自洁、自调功能逐渐丧失，长江的珍稀动物逐渐灭绝，沿江居民的饮用水不断恶化。有专家进一步论证说，在污染严重的沿江城乡癌症肆虐。

青藏高原，湖泊萎缩

今年黄河源头的鄂陵湖出水口断流了！长江、黄河、澜沧江三江源头地区的湖泊萎缩，湿地退化严重；近年来大片沼泽地消失，冰川退缩，"千湖之县"玛多县境内的众多湖泊水位下降甚至干涸；鼠害猖獗造成大面积寸草不生的黑土滩。这就是"中华水塔"三江源的现状。

最近青海省政府决定在三江源地区进行生态大移民，力争将三江源 18 个核心区变成"无人区"，以保护日益恶化的三江源生态环境。

青藏高原湖区是世界上海拔最高、湖泊数量最多、面积最大的内陆高原湖区，占全国湖泊面积的近一半。近年来，青藏高原有 30% 以上的湖泊干化成盐湖或干盐湖。仅就我国最大的内陆湖泊青海湖来说，最高一级的古湖堤已高出现在水面 100 米左右。

青藏高原水循环的变化，对正在实施的青藏铁路、三峡等重大工程具有影响；此外，不可避免地对有关水资源产生不容忽视的影响。据气象专家分析，青藏高原的水变化对东亚的气候变化也有重大影响。

陆源污染，祸及海洋

当有一天听到我国近海已不产鱼时，恐怕更多的人认为这只是一种大惊小怪的提法，但是事实上你已经基本上吃不到渤海的带鱼了。近岸海域水质污染严重，近年赤潮频发，沿海湿地、红树林和珊瑚礁消失，海洋生态环境恶化已是不争的事实。

海上的开采和过度的捕捞并不是海洋生态恶化的主要原因。专家认为，我国9成的海洋污染物来源于陆地和陆地上的人。

在陆源污染中，生活和农业污水已经超过工业废水，成为海洋的第一大污染源，一个重要渠道是大江大河污染物的注入。这样，治理海洋污染就与治理河流污染结合在一起，治污呈现牵一发而动全身的现状。中国沿海各种类型的主要污染源有200多处，渤海、黄海沿岸有100多处，其他分布在东海、南海沿岸。

一个值得探讨的问题是，仅关于保护渤海的法律法规就有70多条，但事实是情况还在不断恶化。

褪色的黑土地

如果不能加以有效防治，黑土层可能在50年内消失，黑土地将成为另一个黄土高原区。这是水利部专家最近的警告。

寸草不生，已见于昔日能攥出油的黑土地。由于人为活动的破坏和自然因素的制约，黑土地多年得不到回补，水土流失日益严重。据测算，按目前的水土流失速度，黑土地现有耕地的黑土层将在40~50年内全部被剥蚀。东北黑土区之所以是我国主要的商品粮基地，就是因为有分布在黑龙江和吉林省的肥沃的黑土区。目前东北黑土区水土流失面积达4万多平方公里，占黑土区总面积近 40%。有的地方黑土消失殆尽，黄土裸露，已经丧失了生产能力。

严重的水土流失，还导致东北水旱风沙灾害多发。

目前，还没有找到适合的回血循环办法。这样，黑土地的将来就很值得人们的持续关注。改变农业的生产模式，这需要生产力的提高，显然不可能一蹴而就。生存的压力和发展的需要，使补血变得更加艰难，而黑土地留给人们的时间却已经不多了。

森林危机与石漠化

"云南森林危机"的提法，在今年怒江水利开发计划暂停之后，又热了一段时间。一个发展林纸浆业的商业问题，涉及的是中央、当地政府、私营企业家和当地居民的利益博弈，是暂时与长远、保护与破坏的环保问题。

对此，我们其实早有前车之鉴。川西林区，由于森林的过量采伐引起的气候异常，使四川盆地的伏旱三年两遇，甚至连年出现，暴雨、冰雹灾害频繁；长白山森林减少，引起了区域性气候失调，水土流失严重；大兴安岭森林的破坏，导致呼伦贝尔草原气候恶化……还有 1998 年的特大洪灾，专家认为，最直接的因素是森林环境被大规模破坏。

贵州省将有 45 万生态难民搬迁，原因是"因过度石漠化失去生存条件"。据悉，贵州省石漠化的土地面积达 35920 平方公里，占贵州省土地总面积的 20.39%，85 个县石漠化现象非常严重。更可怕的是，石漠化还以每年900 平方公里的速度扩展。

石漠化是喀斯特生态和人类相互作用的生成物，严重的地方寸草不生，贵州将面临无地可耕的局面。而在我国，"破坏——搬迁——再破坏"的循环模式早被历史否决，再没有任何一块地方可以承载更多的人口了。

南水北调，别让污染给毁了

官方和专家一致认为，南水北调的成败关键是治理水污染的问题。离2007年东线通水还有几年，北方几个缺水的城市已提前"堵水"——不要东线水。是一江清水还是一江污水向北流，这是各方面最为关心的问题。

随着沿线的农用水、工用水增多，污染源也将会迅速增加。从各地方的表态看，无疑对"清水走廊"的实际前景表示忧虑。

国家提出"先节水后调水，先治污后通水，先环保后用水"的政策，会被怎样贯彻，至今还是一个未知数。南水北调的初衷是解决北方缺水和缓解北方生态的恶化，谁都不希望事与愿违。

生态危机并不是在2005年就能够解决的问题，但是，对于生态环境的进一步关注和治理无可置疑是今后的大事。寻找科学的发展观念，慢慢恢复生态的自我调节功能，尽量减少人为破坏，不失为一种办法。

（摘自《读者》2005年第10期）

牧草样的生命

杜文娟

2003 年 8 月，我第一次进藏，从西安乘火车到格尔木，再搭乘越野车到拉萨。夜宿沱沱河畔的小客栈，我被漫天的繁星震撼，头顶，肩膀，指尖，睫毛上，无处不闪烁着星星，银河大概就是这般模样吧。那一夜，我几乎无法入眠，头痛，恶心，呕吐，紧随身体。

围着牦牛粪炉子等饭吃的时候，端饭的女孩子手里端着饭碗，眼睛却瞅着比碗大不了多少的黑白电视机。催得急了，快走几步，端一碗递过来；不催不问，便双手端碗，取暖一般，偏着头喜滋滋，乐呵呵的。有人说，怎么连一点服务意识都没有，咋做生意的？立即遭到一位资深旅人的反驳：在这前不见古人后不见来者的洪荒之地，有碗热乎的面条吃就不错了，人家这是积德行善。

我便多看了女孩子几眼，对她充满了羡慕和喜爱。藏族人原来是这个样子呀，皮肤黢黑，脸庞黑中透红，从容自在，祥和欢乐，不知有汉无论魏晋的样子。

2006 年 7 月，我从成都出发，过了雅安才知道从成都到拉萨 2000 多公里，不出意外的话需要六七天时间。当时我身穿一套单薄的便装，包里只装了两件内衣。每天晚上停车后，我最先背上轻便的小包，双手插在裤兜里，瞪大眼睛看同行者从车上卸下大包小包，汽车尾气直冲小腿肚子。终于有人发出惊叹："你怎么连一件装备都没有呢？这个样子也敢走川藏线，简直是天方夜谭嘛。"

就是这一次，我不但到了珠穆朗玛峰大本营，沿途还写了专栏稿发回内地。每天傍晚找好住处以后，"驴友"们还在吃晚饭，我就独自走街串巷，四处打听网吧在哪里。理塘在地图上有另一个名字叫高城。从理塘的网吧出来，天空飘着雪花，我请网管送我。小伙子把伞举过我头顶，自己则远远地侧着身子。快到旅馆门口，他直奔过去，"哐哐"踢那卷闸门。余音缭绕中，小伙子已经消失在无尽的风雪夜。

在巴塘的网吧里写完稿子出来，大约凌晨 3 点。皎洁的月光洒满大地，幽静神秘。一袭绛色袈裟走在不远处，我顿时平静下来，惶恐与惧怕烟消云散。我走在后面，他走在前面，整个世界似乎只有我们两个人，百灵鸟不鸣，杜鹃花不艳。忽然，我觉得这个画面似曾相识。黄昏去会情人，黎明大雪飞扬，莫说瞒与不瞒，脚印已留雪上。噢，他不会是仓央嘉措吧？

在横断山脉深处的左贡县城，我花一个小时就写完了稿子，但发送一个多小时还是发不出去。深夜的网吧热闹非凡，打游戏的，骂架的，唱歌的，喝酒的，唾沫星子在头顶飞来飞去，藏刀在眼前晃来晃去。我问网管有网速快点的地方吗。答曰，有的，在地区。地区在哪里？地区在昌都。多远？不远，开车四五个小时就能到。

当时我哈哈大笑，四五个小时还不算远，这是什么鬼地方呀。

在拉萨街头，晚上 10 点多还有兜售皮带、帽子的吆喝声，长长的竿子上挑着一只昏暗的灯泡，火锅热气升腾。这个场景令我无法挪步，青藏铁路为西藏带来的变化竟如此巨大。

然后，一路西行到了阿里，翻越喜马拉雅山脉，走过千里羌塘无人区，愈加觉得那次大笑是多么浅薄。辽阔无垠的藏北大地，几乎只有三种颜色，连片的褐色裸石，白雪皑皑的山巅阴坡，河流湖泊岸边的苍茫牧草。同样是草，内地的草娇嫩水灵，与传说和神话有着不解之缘。藏北的牧草却沧桑凛冽，刚冒芽就像肩负沉重使命的中年男女一般。即便是这种牧草，也不是随处可见。车行数日，就没有见过一株高过脚踝的牧草，更见不到树木。一天又一天，见不到一顶帐篷，偶尔邂逅一个牧羊女，兴奋得互相招手，如同见到久别的亲人。汽车一会儿断了钢板，一会儿陷进冰河，一会儿又遇见狼群。终于到了县城，所有人买水度日。整个县城没有一辆出租车，只有到靠近那曲的县城，才有几辆出租车。每见到新绿色的出租车，我们就亢奋得大呼小叫。

这里不适合人类居住，为什么还生活着众多藏族百姓和外来者呢？

一位教育工作者指着惟余莽莽的雪山对我说，那边就是邻国了，有的地方还属于争议区，边境上如果没有边民居住，多年以后这地方可能就是别国的领土了。

我暗自思忖，这里长冬无夏，风吹石头跑，氧气吃不饱，连一棵树、一株草都不长，人怎么生存呀？这些边民牺牲太大了，祖祖辈辈与狂风和雪山为伴，孤寂一生，穷困终老。

脑海中，第一次冒出"边疆"这个词。边疆，原来不仅仅是名词，更是真真切切的动词。一生一世，从出生到老去，当地人，边防军人，援藏者，千千万万的人流水般来到边疆，来到西藏，目的只有一个，稳定边疆，建设边疆。边疆稳定了，内地才会繁荣富庶，长治久安。

当我翻过一座又一座雪山，爬过一条又一条沟壑，终于俯瞰到喜马拉雅山脉褶皱深处的一座县城时，有人指着荒芜的小城对我说，这个地方原本没有树木，有位县长从新疆带回了白杨树苗子，几十年过去，县城终于有了几十棵白杨，风过时哗啦啦响，那声音真醉人。这是方圆几百公里内仅有的树木，许多人骑马步行几天，专为看一眼它们。

我问县长现在在哪里。对方说，退休后回上海了，听说回去以后也不适应上海的生活。年轻时来到西藏，为了修通从县城到阿里地区狮泉河镇的公路，带上锅碗一走数天，翻山越岭勘察路基。一个春节，发现他不见了，大家四处寻找，原来他在丈量一个沟坎。老县长也不容易，从参加工作到退休都在西藏，同事和朋友全在西藏，夫妻长期分居，得不到家庭温暖，也照顾不了妻儿老小，回到上海多孤单呀。

有一次，我请一位当地官员帮忙寻找从阿里到拉萨的长途汽车。他是一位"藏二代"，父辈是西藏和平解放以后较早一批援藏者。他兴高采烈地对我说，曾经有一位知识青年，从内地千里迢迢来到西藏，有关部门希望他留在拉萨工作，所有部门任由他挑。可他希望到最艰苦的地方工作，于是就把他分配到藏北的一个县当老师。校园里第一次响起了二胡和笛子声，人们争先恐后地去看热闹。两个月以后，什么声音都没有了，那位老师也不知去向。有人到内地打探过，一点消息都没有，就像他从来就没有来过西藏。

记得非常清楚，听完这个故事，我俩相对而立，哈哈大笑。高原的阳光照在脸上，刺得两只眼睛不能同时睁开。

在西藏自治区驻内地的一家干休所，我拜访了一位90多岁的"老西藏"。他面容慈祥，靠滑轮支架行走，汉语听力和口语都不错。我把自己的作品《阿里阿里》双手递到他手里，他摸着这四个大字，嘴角抽动，眼睛亮了一下。我说，中央医生，我来看你了。他望着我，看了许久，脸上忽地腾起笑容。

那一刻，我有点控制不住自己的情绪。我在不同场合听过他的故事和传说。他曾经在国民党部队服过役，新中国成立不久，随一支中央医疗小分队从北京到阿里。原本援藏时间为一年，但由于工作需要，往后的几十年都在西藏度过。由于长期在高海拔地区工作生活，他的身体受到严重伤害。他终身未娶，却抚养了多名孤儿。

十多年间，我数次进藏，经历、见识了许多。一个黄昏，我在狮泉河镇街头拦车，想去泥石流灾害的现场探访。一辆私家车应声而停，问我是不是陕西来的作家，我反问他怎么知道的。对方说，阿里这地方平时很少来陌生人，好不容易来了个女人，还是内地女人，不出三天全城人都知道了。我说自己的确才来了三天。

由于西藏地域辽阔，人烟稀少，从一个县城到另一个县城通常有四五百公里，从一个乡到另一个乡，动辄上百公里，翻雪山、趟冰河是常事，大多还没有通班车，加之物价昂贵，食宿困难，经常得求助各方面的人。一次，我被安排到一家能洗热水澡的旅馆住宿，尽管洗澡水滴滴答答地连不成线，我依然感激不尽。刚住下就被请去吃饭，亢奋激动地吃过饭，有人对我拉拉扯扯，说要送我。我举起手机求助熟人，对方夺过我的手机摔到地上，机身和电池分离。次日清晨，还处在高原反应期，服务员打来电话，让我马上退房，立即走人。

我带上所有行李，站在街道上，身旁就是万岁山。仰望嶙峋的山峦，那儿是寸草不生的烈士陵园，陵园里不仅埋着解放阿里的烈士遗骨，还有孔繁森的衣冠冢。一只雄鹰从狮泉河以南飞向昆仑山方向。那一刻，我"哇"地哭出了声。哭了几声强行止住——在这空气稀薄的万里碧空之下，号啕大哭是件极为奢侈的事，一口气上不来倒地身亡是常有的事。

第一次讨饭，实在有些难为情。那是从神山冈仁波齐下来，我口干舌燥，肚子饿得咕咕叫，全身上下除了一根登山杖、一个空空如也的背包，连一个雪团都没有。正在我发愁怎样才能填饱肚子，以走完后面的几十里土路时，发现几个藏族人正围在荒滩上吃肉干喝酥油茶。迟疑了一会儿，我还是走了过去，连比带画，问能否买一点食物。有人听懂了我的汉话，把一条风干的生羊腿递给我，还摇摆着手，意思是送给我的。我抱着讨来的生羊腿，面对高高的冈仁波齐雪峰，嚼得有滋有味。

往后，无论在寺庙还是村庄，藏西还是藏东，经常能讨到饭吃。一位藏学专家对我说，在藏族人的理念中，乞讨与布施对等，都与宗教有着千丝万缕的联系。几年后，这位藏学专家在欧洲讲学的时候去世，他只比我年长几岁。

非常感念有机会接触公益慈善领域，特别是西藏公益慈善。我随志愿者一起四处走访，过县进村，救助大病儿童，将他们送进拉萨医院，送上前往内地的火车和飞机。回到内地，我把在西藏的所见所闻讲给众人，尽微薄之力宣传西藏，得到了爱心人士的支持。有人因此走上援藏和支教之路，捐款捐物属于常事。有次我在西安做讲座，一位老师当着听众说，几年前，杜文娟脸上布满惆怅嫉恨，现在满脸都是温和友善。

（摘自《读者》2017 年第 17 期）

中国"皇粮国税"三千年

杨青平

到 2005 年 1 月底,全国除山东、云南、河北、甘肃、广西等几个省区外,其他省市区宣布取消被称为"皇粮国税"的农业税。若干年后,全中国都将取消农业税。取消农业税是建立和谐社会的需要,是减缓农村社会矛盾的需要,是发展农村经济的需要。总之,取消农业税有非常重大的意义。回顾"皇粮国税"的历史,我们发现,农业税是以往社会的经济命脉,曾经直接影响着朝代的兴亡。

农业税始于"井田制"

"皇粮国税"始于周代。周代以前的夏、商两代是奴隶社会,奴隶的一切劳动成果都属于奴隶主,所以无税可缴。周代始于公元前 11 世纪,距现在约 3100 年。周代已开始向封建社会过渡,出现了"井田制"。一"井"900

亩，等分为 9 块，诸侯、大夫们把周围的 8 块田分给庶民耕种，称为私田，收获的谷物归庶民所有；中间的一块田称为公田，公田产的谷物归诸侯、大夫所有，但仍由庶民耕种。庶民在公田干活，属于劳役地租，是税的最初形式，以后才发展到实物地租和货币地租。

到春秋时期，庶民们种公田的积极性越来越差，诸侯、大夫们就把公田也分给庶民，向他们征收 10% 的实物地租，史称"履亩而税"，又称"什一税"。

田税和丁税

秦代除了"什一税"外，第一次出现了丁税，7 岁以上的人都要缴税，成年人更得为朝廷和郡县服徭役。

西汉初，与民休养生息，定田亩税"十五税一"，约 6%，汉景帝又减为"三十税一"。此外，丁税、徭役也大大减轻，这是"文景之治"的标志之一。汉武帝之后，逐步加税。豪强地主通过兼并土地，势力越来越强，便对抗中央，减少缴税。失地农民越来越多，缴不出税。于是西汉国力日渐衰弱。西汉末年王莽乱政，各地士族豪强便起来要推翻他，没有活路的饥民也起来造反。刘秀是南阳豪强的代表，最终登上皇帝宝座。

刘秀建立东汉后，将税率又恢复到西汉景帝时期的"三十税一"。养不了那么多官员，就并县裁员，史载仅"十置其一"，即裁员 90%。刘秀之后，赋税渐重，官僚豪强兼并土地日甚，最终引发黄巾起义，也葬送了东汉王朝。

东汉以后，进入了长达三百多年的分裂时期，三国、两晋、十六国、南北朝，战乱从没停止过，人民死伤无数，活着的也不堪赋税重负。到了北魏才出现"授田地，定赋税"等进步迹象。

租庸调制

统一后的隋代，制定"租庸调制"，即按丁纳粟，称为"租"；按丁纳帛，称为"调"；按丁服役，称为"庸"。不按田亩收税，而按人口收税，目的在于鼓励人民开垦更多的荒地。

李世民开创的"贞观之治"和西汉的"文景之治"相似，其明显的标志都是轻徭薄赋。唐代仍沿用隋代的"租庸调制"：由官府授田，每丁每年纳粟2石，这只相当于一两亩地的产量，而每丁一般授田几十亩、上百亩，税率相当于汉代的"三十税一"，甚至更轻。若遇自然灾害，租调可减免。

两税制

到了唐代中期，按丁纳税的"租庸调制"已不能保证朝廷的收入，因为地主地多缴税却少，大量的失地农民又缴不起税，朝廷便宣布废除"租庸调制"，实行按亩纳税的"两税法"，即夏秋两次征税，每亩征税额大致是产量的5%，高于"三十税一"。"两税法"没有救济制度相配套，百姓若遇天灾，田地绝收，照样要纳税，为逃税只好逃亡。

到唐代末期，王仙芝在长垣县起义，黄巢在菏泽县起义，他们发布檄文，声讨朝廷任用贪官，赋税繁重，广大穷苦农民纷纷响应，史载："所在群盗，半是逃户。"这些"逃户"就是为逃避赋税而流亡的农民。

五代十国时期，"两税制"已变成"多税制"，新添的杂税有：鸡税、鱼税、菜园税、橘园税、水磨税、砍柴税、浇水税、农具税、蚕税……几乎无所不包。

北宋的赋税仍沿用"两税制"，大致为收获一石输官一斗，即10%，是唐中期的2倍。北宋中期，官员、军队人数骤增，财政不堪重负，便在"两税制"之外又向农民摊派苛捐杂税。

南宋除"两税制"外，新增了许多税种，其赋税比北宋重好几倍。

北方的金朝统治者除了征"两税"外，又按产业征"物力钱"，按军事需要征"军需钱"，农民还要承担繁重的兵役。

元朝灭金后在北方丁税、地税并行，每丁每年纳粟 3 石，或每亩每年纳粟 3 升。灭南宋后将"两税制"之外的杂税基本免除，以安抚人心。

元代末期赋税太重，朝廷又不懂理财，财用不足就滥发钞币，使物价持续上涨，直至几十倍，从而引发红巾军大起义。

"两税制"回归和"一条鞭法"

农民出身的朱元璋当了皇帝后比较体恤农民，表现为惩治贪官，轻徭薄赋。洪武十八年，他下诏尽逮害民官吏赴南京筑城。赋税制度则回归唐中期的"两税制"。

明开国百多年后，纳税的田地从八百多万顷下降到 400 多万顷，其中河南从 140 多万顷下降到 40 万顷。这一半的土地都被皇家、王府、勋戚、官僚、地主兼并去了，而且不纳税。

到万历初年，出现了财政危机。张居正为相后在全国丈量土地，丈量出逃税田 300 万顷。他又推出"一条鞭法"税制，将田税和徭役都折算成银子一并征收，故名"一条鞭"。田税银仍按地亩征收，役银由地亩、人丁来分担。后人评价："一条鞭法"将实物地租转化为货币地租，是中国赋役制度史上的一个转折。

"滋丁不加赋"和"摊丁入亩"

清朝康熙皇帝于五十一年下诏：其后滋生人丁永不加赋。

雍正皇帝实行"摊丁入亩",将丁银随地亩一起征,每地赋 1 两,摊入丁银 2 钱 2 厘。将丁银摊入地亩,这无疑极大地减轻了少地、无地农民的负担。从税收制度上看,此后只按地亩收税,实际上等于取消了从秦始皇开始的"人头税"。

1840 年以后,清政府的工商业税、海关税以及搞洋务运动(国营或半国营)的收入也可聊补财政不足。但是,直到清末,财政收入仍是以农业税为主,约占 85%。

民国无税制

从袁世凯到北洋军阀政府,再到国民党新军阀政府,中国没有统一的田赋制度,仿佛五代十国时期,大大小小的割据军阀,谁想咋征就咋征。农民承担的田赋和各种苛捐杂税,比清末翻了几倍。

十年内战和抗日战争时期,与"国统区"形成鲜明对比的红军根据地和抗日根据地则是另一番气象。苏区的土地税法属于"累进制",即:收入低,税率低;收入高,税率高。抗日根据地征税以土地多少、资产多少为标准:贫农负担不超过收入的 7%,中农负担不超过收入的 15%,富农为 25%,地主为 75%,纳税人口不超过总人口的 80%,仅能维持生活的 20% 人口不纳税。

农业哺育工业工业反哺农业

新中国成立之初,农业税仍占总税收的近一半,为了实现工业化,便用农业积累的税金去发展工业。在各国工业化初期,这是普遍趋势。

在计划经济时代,农民确实为国家作出了巨大贡献。地里打的粮食,先缴公粮,也就是农业税,再卖余粮,价格不高,农民毫无怨言。但到了 20

世纪90年代，统筹、提留、集资、摊派等负担越来越重，党和政府三令五申减负，限定农民负担"不超过上年人均纯收入的5%"，这接近"文景之治"和"贞观之治"的"三十税一"。可是，有些基层干部统计的"人均纯收入"往往含有很大水分，农民的负担依然不轻。

到了最近几年，我国的工业化已发展到相当水平，二、三产业的税收已成为国家财政收入的主体，农业税仅占总税收的百分之几。按各个工业化国家的普遍趋势，这个时候，工业应该反哺农业，不仅要免征农业税，同时还要补贴农业，于是便有了2004年的中央一号文件。存在了3100年的"皇粮国税"终将成为历史，这是人类社会发展的必然结果，也是我国实行改革开放、发展市场经济的必然结果，更是我们确立以民为本执政理念的必然结果。

（摘自《读者》2005年第8期）

爱与身体一起生长

杨 洋

2003 年 7 月 30 日，在北京空军总医院，记者采访了做完骨髓移植手术正处于恢复状态中的张宏。隔着无菌病房的玻璃窗，通过对讲机，张宏告诉记者，是 12 岁的女儿张婉晴冒着生命危险为他捐献骨髓，让他获得了新的生命。张婉晴是我国年龄最小的骨髓捐献者。

现在张宏的病情已基本稳定，经过检验，女儿的健康骨髓已经完全替代了他的白血病骨髓细胞。张宏原来的血型是 B 型，骨髓移植后，已经转成了女儿的血型 O 型。他笑着说："我的女儿很了不起，也很厉害，她的好细胞已经完全打败了我的坏细胞。你看，骨髓移植后，我的头发都掉光了。现在的头发，都是新长出来的。这个小丫头就是霸道，连我过去的头发都不给我剩一根，一定要长出她的。"说着，张宏的两眼湿润了。记者注意地看了看他的头上，果然新长出了一层毛绒绒的细软的头发，犹如春天光秃秃的原野冒出的一层新绿。

找遍全国，只有女儿的供体与父亲半匹配

39 岁的张宏是空军上校飞行员，由于技术过硬，专门负责为中央首长开专机。妻子王蔚也是一名军人。2002 年 4 月，张宏高烧不止，住进了北京空军总医院，被确诊为患了急性非淋巴细胞白血病。血液科的副主任陈惠仁博士对王蔚说："这种病主要是因为基因的结构出现问题，干细胞出现异常改变造成的，很难治疗。异基因的骨髓移植是目前唯一可能治愈这种病的方法，也就是将身体中的坏骨髓替换掉。目前实施的'半匹配骨髓移植'手术，放宽了对骨髓提供者的要求，只要基因半匹配就可以移植。"

听了医生的话，王蔚开始四处寻找与张宏相匹配的骨髓。她找遍了北京、上海、深圳、台湾等地的骨髓库，都没有找到合适的配型。张宏的两个姐姐也来到医院做了配型，仍然不合适。王蔚几乎绝望了。

2002 年 10 月，张宏的病情进一步恶化，而合适的骨髓配型还是没找到。望着流泪不止的王蔚，医生犹豫了半天，对她说："让你的女儿来试试吧，儿女的血型跟父母亲一定是半匹配的。这是唯一的希望了。"

女儿？王蔚的眼前闪过了女儿张婉晴那张稚嫩的小脸，她刚刚 12 岁呀，让这么小的孩子为父亲供髓，这太残忍了！"不行，肯定不行！我们另想办法。"王蔚脱口而出。

事实上，已经别无他法可想了。张宏的病已经处于复发性状态，白血病细胞占了骨髓细胞的 90%，如不马上进行骨髓移植，随时会有生命危险。万般无奈，王蔚同意让张婉晴试试，经过检验，张婉晴与爸爸的骨髓半匹配，可以进行手术。

就是抽干女儿的骨髓，也不够父亲用的

听到这个消息，王蔚没有感到高兴，她的眼泪禁不住流了下来。这天，她将女儿叫到跟前，问道："如果你把自己的骨髓给爸爸一些，就能够救爸爸的命，你肯不肯给呢?"

张婉晴想也没想，就说："行呀。只要能救爸爸，要我给什么都行!"张婉晴跟爸爸的感情一向很好，她是爸爸纯真的小天使，而做飞行员的爸爸是她心目中的大英雄。

张婉晴眨了眨那双亮晶晶的大眼睛，疑惑地问："我真的能救爸爸吗?"

"能，现在只剩下你能救爸爸了。"王蔚说着，眼泪又流了下来，"可是，献骨髓很麻烦，也很疼。"

"不怕。只要能救爸爸，疼，我不怕。实在疼得受不了了，我就哭，就叫。"王蔚一下子把女儿搂到了怀里。女儿的话，让她又是心疼又是欣慰。

可是，真的要让女儿献髓了，她又开始犹豫了。她找到了陈惠仁博士，问他："让这么小的孩子捐髓，会不会有什么危险呢?"

陈博士说，通常情况下，捐献骨髓很安全，对人体不会有任何不良的影响。但是，张婉晴不同，她跟父亲的体重相差悬殊，她的身高只有1.50米，体重只有80多斤;可她的父亲身高1.86米，体重高达198斤。按照医学规定，骨髓移植量与病人的体重成正比，病人的每公斤体重，需要输进5~10毫升骨髓。也就是说，病人的体重越大，需要移植进的骨髓越多。而张婉晴的体重还不到父亲的一半，就是把她全身的骨髓都抽干了，也不够她父亲用的。

听了陈博士的话，王蔚的全身都在发抖。"不过，从另一个角度讲，如果能得到女儿的骨髓，对病人来说是最好不过的。"陈博士放缓了语气，接着说，"因为你女儿正处在生长发育期，这个时期的骨髓最为活跃，最有生

命力。我们会设计出一个最安全的医疗方案，保证孩子的绝对安全。"

此时此刻，王蔚的心像是放在火上烤，一边是重病的丈夫，一边是幼小的女儿，动动哪边，都是撕心裂肺地痛。她试着把女儿捐髓这件事，跟丈夫说了。张宏听了，一阵怒吼："让我去死吧。不要动我的女儿，她才那么小呀！""可是，已没有任何办法了，现在只有女儿才能救你了。"说着夫妻两个抱头痛哭。

为救父亲，增肥 30 多斤

张宏的生命危在旦夕，张婉晴为父亲捐髓的计划进入了实施阶段。为了保证孩子的安全，陈惠仁博士为手术设计了一套非常周密的计划。而这套计划的内容之一，就是要张婉晴尽快增加体重，尽量拉近她与父亲之间在体重上的距离，从而缩小手术的危险性。上初中的张婉晴已经知道爱美了，可听说要救父亲，必须先把自己变胖、变肥、变丑，她还是毫不犹豫就答应了。

王蔚每天变着法儿做高营养的东西给女儿吃。一天，王蔚将一碗甲鱼汤端上了桌，小婉晴一闻就皱了一下眉头，王蔚知道女儿最讨厌喝甲鱼汤了，她说甲鱼汤有一股土腥味儿，让人受不了。"晴晴，妈知道你最不喜欢喝甲鱼汤了，可是甲鱼汤营养极其丰富，对增加体重很有效。"一听到"增加体重"，张婉晴眼睛一亮，端起汤就喝了个精光，她笑着对妈妈说："其实，甲鱼汤也没那么难喝了，以后我每天都要喝。"听了女儿懂事的话语，王蔚难过地转过脸去，她知道，此时，吃对女儿来说已经不是享受，而是为救爸爸必须要完成的一项任务。

光吃也罢，医生还规定，这期间张婉晴不能运动，因为运动不利于体重的增长。张婉晴原来是学校的运动健将，排球、足球、乒乓球，她样样行。说起来，这一点她还是受爸爸的影响。张宏酷爱运动，女儿五六岁时，他就带着她去运动场，培养她各种运动技能。可是现在，张婉晴却不得不克制着自己不去打球，甚至克制着自己不再蹦蹦跳跳。就连走路，她都告诉自己，要慢慢地走。要注意，尽量不要消耗能量。

同学们很快就发现了张婉晴的变化，她变高了，变胖了，变"丑"了。几个要好的同学对张婉晴说："喂，你得注意了，把自己搞得那么胖，小心变成'肥婆'啊！"张婉晴好脾气地笑笑，没吱声。但她的心里却乐开了花，她知道只有自己变胖了，才能救爸爸。

自从爸爸生病后，张婉晴偷偷地哭了好多场。在她的心目中，爸爸是个翱翔蓝天的大英雄，是个顶天立地的汉子。可是现在，爸爸病倒了，衰弱地躺在病床上，他甚至有可能死去，这是张婉晴无论如何也无法接受的事实。能为挽救爸爸的生命做些事情，张婉晴真的太高兴了。不用说让自己变胖、变丑，就是让她豁出性命，她都干！

两三个月过去了，张婉晴的体重奇迹般地增长了30多斤，由过去的80多斤到了119斤。医生高兴得不得了，张宏看到女儿的巨大变化，却哭了。

好爸爸，坚持住

按照陈博士的计划，骨髓移植将分两步进行。第一步：从张婉晴身上抽取造血干细胞。第二步：20天后，从她身上抽取1200毫升骨髓。这样做，完全是考虑到张婉晴身体的承受能力，力求将风险降到最低。同时，将预先从张婉晴身上抽取800毫升的血液保存起来，一旦抽取完骨髓，立即将这800毫升的血输送回她的体内，以保证她不至于因失血过多而休克。

第一次手术定于2003年2月17日进行。2月10日，张婉晴住进了医院。

住院的前一天，她跑到商店，她要为爸爸买一件礼物。她在商店里逛了大半天，终于选中了一只穿着运动大头鞋的小白兔。她抱着小白兔，隔着无菌病房的大玻璃，笑眯眯地对爸爸说："爸爸，你是属兔的，你又是一只爱运动的兔子。买这只穿了运动大头鞋的兔子给爸爸，是请它保佑，让我的好细胞打败爸爸的坏细胞，让爸爸恢复健康。"说着，她动手将这只兔子悬挂到玻璃窗上。

自从爸爸住进无菌病房后，张婉晴已经在玻璃窗上悬挂了很多贺卡。这些贺卡五彩缤纷，写满了女儿对爸爸的祝福和鼓励。跟张宏住一个病房的其他白血病人，都相继去世了，只剩下张宏，还顽强地坚持着。无数次化疗，他那头乌黑的头发居然没有脱落，连医生都觉得不可思议。只有张宏明白，他能坚持到现在，是女儿给了他力量。有时夜深人静，睡不着觉的时候，他就会在心里默默地读女儿写在贺卡上的话："好爸爸，坚持住！""好爸爸，你是全天下最勇敢的爸爸，你一定能恢复健康的。""爸爸，你是英雄，英雄是不能败在死神手里的！"……

现在，捐髓的日子一天天迫近，望着聚精会神地往玻璃窗上挂小兔子的女儿，张宏只是对站在女儿身边的妻子，低低地说了一句话："你出了一个坏主意！"

扎了 200 多针，捐出 1200 毫升骨髓

张婉晴住进医院后，医生每天都要给她打各种各样的针，其中有一种针，是用来刺激造血干细胞因子生长的，要连打 7 天。这种针打到身上特别疼，而且还会引起心动过速、心跳加快、发烧、头涨、骨头酸疼等一系列反应。张婉晴硬是咬着牙，挺过来了。

2003 年 2 月 17 日，是张婉晴进手术室、抽取造血干细胞的日子。一大早，医生护士就推着手术车进来了。张婉晴听话地躺了上去。妈妈忍着泪，嘱咐女儿："一会儿进了手术室，医生会给你打麻醉针，这样抽骨髓时就不痛了，如果你害怕，就睡觉，睡着了，就不怕了。"一旁的医生立刻纠正说："张婉晴，你千万不要睡觉。你睡着了，造血干细胞也就跟着睡了，它在血

管里不动了，我们就无法把它抽出来，那么手术就失败了。好孩子，你千万不要睡呀。""好吧，那我就不睡觉。放心吧妈妈，我不会害怕的。"张婉晴懂事地对妈妈说。

手术进行了3个多小时。这3个小时里，王蔚给丈夫洗衣服，准备午饭，她一分钟也不敢停下来。她怕停下来，自己会承受不了。手术终于做完了，张婉晴躺在手术车上，被推了出来。她的小脸煞白，却带着笑："妈妈，我一分钟也没睡，我把眼睛睁得大大的，那些造血干细胞肯定在我的血管里拼命地游啊游，医生就一个个把它们抽取出来了。妈妈，我想它们现在已经游进爸爸的血管里了，正跟爸爸身上那些坏细胞打仗呢。"说完，她疲乏地一闭眼睛，就睡着了。

3月5日，张婉晴再次被推进手术室。这次，医生在她身上抽取了1200毫升骨髓。医生每扎一针，只能抽取5~10毫升的骨髓。他们在张婉晴的身上扎了200多针……

3月6日清晨，阳光照进了病房。经过一夜的休息，张婉晴觉得自己好多了。她悄悄地从床上爬起来，慢慢地、慢慢地走到爸爸的无菌病房玻璃外面。爸爸一眼就看到了女儿，他向女儿招了招手。

张婉晴把脸紧紧地贴在玻璃窗上，深情地对爸爸说："爸爸，这回，你的身上可是长了我的骨髓的。你要听我的话，听医生的话，快快好起来。不然，我让我的骨髓咬你的屁股！"

张宏笑了。这个刚毅的汉子，笑容里带着泪花。他笑着，一个字一个字地对女儿说："好孩子，爸爸听你的话，爸爸很快就会好起来！"

（摘自《读者》2004年第1期）

幸　福

白岩松

2008 年 1 月 1 日的《人民日报》有一篇社论叫《喜迎伟大的 2008 年》。在那一年，我们可以想得到很多事情：改革开放 30 周年、北京奥运会、神舟七号等等。当时想不到会有雨雪冰灾，更想不到会有汶川大地震，也想不到金融危机。然而正是这一系列的事件混杂在一起，印证了"伟大的一年"这样一个标题的正确；正是因为有了这一系列的事件，震撼了我们的心灵，这一年才更应该被写进历史。

讲一个故事。一个 13 岁的四川女孩，名叫黄思雨，是映秀小学的一个学生。大地震发生的那一瞬间她被埋在了废墟下，救出后被送到华西医院截了肢，再后来到了北京来装假肢。当我看到这个孩子的时候，她一直在笑。小姑娘漂亮得让人心疼，陪着她的是她的妈妈，一直在北京接受治疗。她们家只有 4 口人，但是地震让这个家庭分散在三个地方生活，几个月都没有见面，直到 2008 年 11 月底，在组织方的帮助下他们一家人才团聚了。一家 4

口人抱在一起哭，现场几百人都在哭。同情、心疼、不忍。然而当我们流着泪水的时候，突然在我心里又生出一种羡慕：这个家庭几乎什么都没有了，但是他们有爱，有亲情，有思念，尤其重要的是有希望。

一场特大灾难，让我们付出了非常大的代价。这个代价，也是一种提醒：提醒我们在日常生活中总有那些被你司空见惯的、你都不觉得的幸福，其实一直都守护在你的身边。只是平常，甚至在显得平淡的日子里，你都不太在乎它了而已。不仅有时候灾难会提醒我们，荣耀也会。在 2008 年的奥运会上，有一位来自德国的举重运动员获得了金牌。当这个彪形大汉站在领奖台上，当国歌响起、国旗升起的时候，他拿出一张妻子的照片，跟他一起领奖。那一刻，一个铁汉的柔情展现在全世界的面前。原来他的妻子在他备战奥运的时候，因为车祸不幸离开了这个世界。然而妻子的鼓励、支持和爱一直是他备战的动力，他最终站到了冠军的领奖台上。有的时候，就是爱、温暖支撑着每一个运动员在奥运会这样一个全人类的大舞台上，去展现自己。

我想起了梁漱溟老爷子说过的一段话：人这一生总要解决三个关系，而且顺序是不能错的。先要解决人和物之间的关系，然后要解决人和人之间的关系，最后一定要解决人和内心之间的关系。是啊，我们年轻的时候，奔"三十而立"的时候，总要解决人和物之间的关系，争取有房子、有钱、有名等等。然后你要解决人和人之间的关系：为人夫、为人父、为人子、为人上级、为人下级、为人朋友、为人对手等等。但是走着走着，你又突然发现自己离起点已经越来越远了，而人生的终点，似乎就在看得见的远方，就像我觉得什么叫 40 岁——40 岁就像是敲开了年老的大门，而还守护着青春的尾巴一样。这个时候你要问自己：我为什么活着？幸福是什么？你如果不能回答自己内心所提出的这些问题的话，你会每天过得非常难。其实一个社会、一个民族不同样如此吗？我们的精神家园在哪里？我们的核心价值观是什么？就像在纪念改革开放 30 周年的时候，胡锦涛说的那句话一样：物质贫乏不是社会主义，精神空虚也不是。那么我们会不会问一下自己，我们有没有出发了太久，已经忘了当初为什么要出发？

改革刚开始的时候我 10 岁，今年 40 岁。我在想我 10 岁的时候想的幸福是什么？太简单了，甚至简单到我都忘了。当到了 40 岁的时候，我已经拥有了很多——在我 10 岁的时候想过和不敢想的。但是我比 10 岁时更幸福了吗？我的眼睛还会像 10 岁时那样清亮吗？我还会被一个梦想激动得彻夜难眠吗？

我的回答并不肯定。你呢？

（摘自《读者》2009 年第 8 期）

读懂父爱

陆 川

父爱一直伴随着我，只是父亲的爱含蓄而深沉，用心良苦。当读懂父爱时，我已经 30 多岁了。

小时候，看到别的父子像朋友一样相处，我既羡慕又忧伤。

我在一个家教很严的家庭里长大，父亲陆天明在外人眼里很温和，但对我从小就很严格。在我的记忆里，父亲总是一副忙忙碌碌的样子，回到家就扎进书房看书、写作，很少与我交流。从我的童年到青年时代，父亲与我沟通的次数屈指可数，淡淡的隔阂像薄纱一样，将我和父亲的心灵分隔在两个世界。

我从小酷爱文艺，梦想长大后能成为张艺谋那样的国际名导。高中毕业后，我准备报考北京电影学院导演系，但父亲坚决反对我的选择，认为我没有生活积淀和感受，拍不出什么好电影，还会沾染自高自大的毛病。他自作主张，为我填报了解放军国际关系学院的志愿。父亲掐断了我的梦想，为此我对他有了怨言。

大学毕业后,我在国防科工委当了一名翻译。一次,我路过北京电影学院,发现海报栏里张贴着导演系招收研究生的简章,我沉睡的梦想再度被激活了。这次,我没有告诉父亲,就报考了导演系的研究生。入学考试时,电影学院一位教授是父亲的朋友,给父亲打去电话:"导演系研究生很难考,你不替儿子活动活动?"父亲断然拒绝了:"他行需要我活动吗?他不行拉关系又有什么用?"

虽然我以总分第一名的成绩被导演系录取,但父亲的"冷酷"还是让我心里很不舒服。我总觉得父亲有些自私,过分专注自己的事业,而忽视了我的发展。

几年后,我成为北京电影制片厂的专业导演,因为是新人,我整整3年时间没有导过一部电影。那时候,我整天无所事事,常常坐在街头,看着夕阳发呆。此时,父亲已经写出了《苍天在上》《大雪无痕》等颇有影响的剧本,我很希望父亲也能为我写一个剧本,再利用他的影响力为我寻找投资方。我委婉地暗示过父亲,但每次父亲都这样告诉我:"你是个男人,自己的事情自己解决。"想到别人的父亲想方设法为子女牵线搭桥,而自己的父亲却对我的事业不闻不问,心里有种难以言说的滋味。

2001年,我的事业终于迎来了转机,我导演的电影《寻枪》荣获国际国内10多项大奖。我满以为父亲会表扬我几句,谁知,父亲从电视里看颁奖典礼时,只是淡淡地说:"还行,但需要提高的地方还很多。"我回敬了父亲一句:"在你眼里,我永远成不了气候。"因为话不投机,我与父亲吵了起来,很长时间谁也不搭理谁。

2004年9月,就在我执导的电影《可可西里》进行后期制作时,我年仅55岁的姑姑、著名作家陆星儿患癌症在上海去世。这给亲人们带来了巨大的悲痛,特别是父亲,他从小与姑姑感情很深,仿佛一夜之间,苍老了很多。

料理完姑姑的后事,我陪着父亲回到北京,此时再看父亲,那个威严、冷酷的男人竟那么瘦弱无助，我内心五味杂陈……见父亲头发乱了，我打来热水为他洗头发。这一平常举动，竟让父亲老泪纵横："孩子，从小到大爸爸对你很严厉，你也许觉得爸爸很冷酷，但爸爸从来都把你的每一步成长放在心里。溺爱和纵容孩子，是一个父亲最大的失职……"

父亲的话让我的眼睛湿润了。母亲告诉我："你在青藏高原拍摄《可可西里》时，你爸爸听说你患上了严重的高原病，累得吐血，因担心你，整夜睡不着，一说起你就泪流满面。"原来父爱一直伴随着我，只是父亲的爱含蓄而深沉，用心良苦。当读懂父爱时，我已经30多岁了。

2009年4月16日，我呕心沥血4年拍摄出的史诗电影《南京！南京！》在央视电影频道举行首映式。记者现场连线远在上海养病的父亲。4年来，父亲知道我数次阑尾炎发作，昏倒在片场；知道我冒着零下30℃左右的严寒，一拍摄就是10多个小时……在显示屏上，我清晰地看到父亲嘴唇哆嗦、老泪纵横，几度哽咽难语："孩子，4年来你受的苦，我和你妈都看在眼里。"我有太多的话想对父亲说，可又不知从何说起，只是向父亲深深地鞠了一躬……

这些年来，我一直有个心愿，想与父亲合作一部戏。前不久，我把自己的想法告诉了父亲，父亲高兴地说："孩子，咱们来个约定：爸爸给你写剧本，你要答应爸爸一个条件，把个人问题尽快解决好。"我们父子俩的手紧紧握在一起，我的心头奔涌着激动和幸福……

（摘自《读者》2009年第21期）

凄美的放弃
大 友 秦 丽

一个帖子的感动：我能为孩子们做些什么？

2004年9月13日上午10点左右，刚刚上完第二节课的河南财经学院国贸系电子商务专业学生李华芬，趁着课间的空当，打开电脑，兴致勃勃地浏览着自己喜欢的话题，突然一个题为《两所乡村小学和一个支教者》的帖子引起了她的注意。这是一个介绍2004年度"感动中国"十大人物之一的支教青年徐本禹事迹的帖子，近两千字的内容，详细介绍了贵州省大方县大水乡大石村华农大石小学和另外一所小学举步维艰的教育状况，同时还配有十几幅破旧的校舍、衣衫褴褛的孩子的照片。照片中那些孩子眼神里流露出的渴望，让李华芬感到一种震撼，不知不觉间泪湿了眼眶。

李华芬同样出生在农村，家境贫寒。她想：我也是大学生，我能为这些孩子做些什么？经过反复思量，一个朴实的念头在李华芬的脑海中产生了：那个帖子说140元就能保证一个孩子一年不离开学校。我尽自己的努力，一定可以减少几个失学的孩子。

女大学生的秘密：捡破烂献爱心

但当李华芬按捺住激动的心情准备兑现自己的想法时，却发现自己的资助行动根本无法履行：不忍给务农为生的父母增加负担，她已经把每月的生活费缩减到了极限，其他一些支出全靠自己课余做家教来补贴，这种状况下，靠什么奉献爱心？从最初的喜悦到突如其来的失落，李华芬感到一丝无可奈何。

一周后的一个傍晚，李华芬经过球场一侧的球门时，横七竖八扔了一地的饮料瓶映入了她的眼帘。对了，宿舍里每过一段时间就会把破旧的衣服鞋子或者过期的书报处理给收废品的小商贩，换来的钱也够姐妹们买几包零食了。这些瓶子不就是钱吗？把这些东西收集起来，问题不就解决了？

"那天晚上是我入学后第一次旷晚自习，老师同学问我原因，我只说身体不舒服。然后一个人摸黑把校园里散落的饮料瓶统统捡回来，藏到宿舍床底下，战果辉煌啊，竟有107个。第二天晚自习我再次请假，原因相同，又捡了近40个饮料瓶，然后偷偷背出学校，到附近的废品收购站卖了19.5元。"

不想让同学和老师发现自己捡废品的行为，李华芬唯一的办法就是在晚自习或者节假日行动。秘密保住了，但问题却出现了：先是晚自习老师发现她经常迟到、旷课；接着是学校门卫不断看到她晚上背着一大堆东西神神秘秘地进进出出；然后是同宿舍的姐妹对她床下的物品产生疑问。结果老师开始找她做思想工作，要她端正学习态度；门卫开始询问、盘查；宿舍的姐妹也开始一次次要揭开床下的秘密。

无奈之下，李华芬首先对姐妹们说出了"真相"：家里条件太差，父母身体也不好，为了继续学业，自己只能捡废品来补贴生活费，希望她们替自己掩饰。

姐妹们感动得泪水盈盈，纷纷拿出自己的生活费要求帮助李华芬。不愿接受，也不想说出实情的李华芬只好用"尊严"掩护自己。她告诉姐妹们，真想帮助自己，只要适当的时候把本该丢弃的饮料瓶带回宿舍就行了。见李华芬一脸严肃，姐妹们也不好再坚持，怕伤害她的自尊。就这样，废品一直在捡，卖废品积攒的钱也在一天天增加，生活贫困，但精神富有的李华芬感到前所未有的幸福与充实。

2005 年新年前夕，李华芬通过捡废品积攒下来的收入已经达到 357.4 元。按照贵州山区一个小学生一年的学杂费用大约 140 元来计算，这些钱已经可以保证两个孩子一年内不辍学了。一个周末的上午，李华芬捧着这些零零碎碎积攒起来的纸币来到就近一家邮局，握笔、填单、点钞，怀着一种难言的喜悦，完成了生命中这次意义非凡的捐助。

毅然放弃：把钱留给那些孩子

2005 年 1 月 15 日上午 10 时许，正在认真听课并不时做笔记的李华芬突然昏倒。

李华芬说，也不知道过了多久才醒，发现自己躺在医院的病床上，身边围满了同学和老师，个个脸色凝重。关系要好的几个姐妹竟然红着眼睛跑出去。"那时我猜自己的病一定很严重，但绝没有想到竟然被确诊为白血病（急性粒细胞白血病）。当我亲耳听到医生说这三个字时，一瞬间什么意识都没了。我还没有完成学业，没有回报父母的恩情，我还要继续资助那些山区的孩子，我还有太多太多的事情没有做啊！"李华芬哭了，这是对生命的眷恋；闻讯而来的父母哭了，这是一种亲情的关切；同学们哭了，一个捡废品维持学业都能快快乐乐的女孩子，怎会遭遇如此不幸？

李华芬说："心里怕过无数次，无数次想到死亡，但更多的是想活下去。可哭过了，伤心过了，随着一次次化疗，随着父母千方百计筹来的医疗费在急速减少，我突然出奇地冷静。我的确眷恋生命，可我知道白血病意味着什么，更知道它对我的家庭意味着什么。太多事实告诉我，这种治疗对我来说没有多大意义。以我的家庭状况，坚持治疗，只能拖垮父母。我开始问自己：治疗还有意义吗？"

放弃的念头第一次闪现在李华芬的脑海里。

李华芬抱着交代遗言一样的心情说出了真相，而她的话让几位好友惊呆了。很快，得知消息的整个财经学院国贸系的师生震惊了：李华芬捡的不是废品，是我们大学生丢失的爱心啊！

就这样，大学生们连夜行动起来。第二天一大早，班级门口、学校门口，一张张鲜红的条幅出现了：伸出援助之手，救救我们的好同学李华芬；一个个募捐箱摆了出来：捡废品献爱心的李华芬生命告急，请把你的爱心奉献出来……呼吁得到了热烈回应，短短一周内，李华芬所在学校师生捐款6000元，李华芬高中母校也送来了近万元的捐款。

可对于白血病来说，这不足2万元的医疗费无疑是杯水车薪，在经过几次化疗后，医疗费再次告急。

2005年5月24日下午4时许，得知医疗费再次吃紧的李华芬含泪向父母表达了自己放弃治疗的意愿。走投无路的父母哭着跑出了病房。就在此时，值班的护士送来一张意想不到的汇款单，汇款地址是：贵州省大方县大水乡大石村华农大石小学，汇款金额是2.6万元。留言栏里还有一句话：希望姐姐早日康复——华农大石小学全体师生。自己也不过捐助了一次，还不到400元，这是怎样一种爱的反哺？这笔钱对自己来说意味着什么？再维持三四个月的生命？而这笔钱对那些孩子意味着什么？手握着汇款单，李华芬泪如泉涌。这是怎样的沉重，怎样的感动！

门外，强忍住悲痛的父母抹了抹眼泪走进来。李华芬也赶紧擦干泪水，随手藏起了那张汇款单——在极短的时间内，她作出了惊人的决定：放弃治疗！

"爸爸，帮我给山区的那些孩子们写封信吧。"李华芬向推门而入的父亲说道。

孩子们：

姐姐很惭愧，得了很重的病，估计不能再帮助你们了……你们条件不好，能读书不容易，一定要好好珍惜，努力学习，要相互帮助，长大后做个有用的人……

有机会我一定去看你们。谢谢！谢谢！

你们的姐姐·李华芬

信由李华芬口述，爸爸执笔。信写完了，李华芬接了过来，顺势把那张汇款单塞到了信封里，然后细心地粘好封口。那一瞬间，李华芬有种生离死别的凄凉。天真淳朴的孩子们把他们的希望和爱寄来了，可自知没有希望的李华芬，用放弃生命的方式把希望还给了孩子们，这何止是一种震撼。

姐姐站起来：治好病当我们永远的老师

汇款单被寄了回去，但很快又被原封不动地寄了回来。随汇款单一起送到李华芬手上的还有 17 封来信，写信的全是华农大石小学的孩子们。

姐姐：

我叫武渺，是华农大石小学四年级的学生，今年 13 岁。老师给我们读了你的信，知道你身体不好，正在医院治病。

那些钱是我们学校的所有人及家长们一起捐出来的，其中，徐老师（徐本禹）把照相机和手机都卖了。徐老师说，人要互相帮助，姐姐资助过我们，现在姐姐有困难了，我们该无条件地帮你。我们没有太多钱，就那么多，希望能帮你早一天好起来。姐姐，你是好姐姐，你自己都不富余，却这么关心我们，所以你不能死，你要把钱收下，赶紧治病，我们都盼望你快点好。

亲爱的李华芬姐姐：

我是华农大石小学五年级的王玉伟，也是你的资助对象。知道你生病了，而且病得很重，我好难过。

姐姐，你不能放弃，你是好人，我们都敬佩你。我们想读书，但我们不能没有你这样的姐姐。我好想去看你，但家里穷，我也找不到去郑州的路。快好起来吧，那时姐姐可以过来看看我们，我一定拿奖状给你看。你还可以像徐老师那样给我们上课，我们盼着你来，盼着你康复。

一封、两封、三封……每一封来信里都热切地表达着稚嫩的孩子们的心愿。病床上的李华芬泪水涟涟；自己不足 400 元的付出，竟换来这些孩子们如此真诚的牵挂，这种爱如何承受？这种爱心的回报如何接纳？

2005 年 6 月底，在又做了一次化疗，感觉身体状况略有好转后，李华芬给父母留下了一封信说明情况后，瞒着医生偷偷踏上了前往贵州的火车。

火车换汽车，汽车换三轮，当李华芬的双脚真正踏上贵州山区的土地时，离她的目的地华农大石小学还有近 3 个小时的路程。

终于到了，远远地看见学校的校牌。近了，更近了，正在课间活动的孩子们无忧无虑地嬉戏着。可那是怎样的校舍啊，残砖、破瓦；那是些怎样的孩子啊，衣衫褴褛、蓬头垢面，看遍了所有的孩子，竟找不到一双没破损的鞋子，一件没有补丁的衣服。

一位老师模样的年轻人从办公室走出来，仔细端详了李华芬一会儿后，突然失声惊呼：李华芬？

怎么是你？这个年轻人就是徐本禹，在网上他看过李华芬的照片。

徐本禹的叫喊吸引了其他老师相继走出来，围到李华芬身边；正在玩耍的孩子们听到李华芬的名字，争相跑过来；学校附近的几个村民听到了李华芬的名字，想起那个坚强有爱心的河南姑娘，也陆续跑了过来……

那是怎样一种场面！李华芬说："那一刻我忘了一切，感觉前所未有的快乐。那么多关注的眼神，那么多问候，那么多孩子、老师、家长的手伸向我，把我看作亲人。我只知道一遍遍地重复着：谢谢，谢谢！"

在华农大石小学待了三天，李华芬的幸福持续了三天。第四天一大早，李华芬要走了，临走前，她再一次将那张汇款单郑重地交到徐本禹手里：我敬佩你支教的选择，也想为孩子们做点事情。可事与愿违，不但没有帮到孩子们，反而让他们为我这个姐姐操心了。请不要再推辞，把这些钱留下，给那些辍学的孩子们吧！说罢，李华芬毅然转身走出了借住的那位老乡家的院门。

门外的情形让李华芬惊呆了——华农大石小学近 200 个孩子整齐地等候在门外：姐姐，你一定要好起来，我们等着你再来看我们，我们盼着有更多你这样的姐姐为我们上课⋯⋯

"我是一个不幸的姑娘，也是一个幸福的姐姐。这段时间，我几乎每天都能接到孩子们的来信，他们告诉我树绿了、花开了、丰收了⋯⋯他们给我寄来野花野草，寄来奖状成绩单，他们开始喊我老师了⋯⋯这是他们的希望，也是我活下去的信念。有一天，如果有那么一天，我活下来。我唯一想做的，而且必须要做的，就是真正走进那所学校，真正成为孩子们的老师，永远的老师！"

(摘自《读者》2006 年第 8 期)

最平凡的感动

陈文海

这是一个真实的故事，是一位普通老百姓谱写的英雄赞歌。

一个 85 岁的老汉，独居深山几十年，从没出过远门。近些年，当地政府曾多次劝他到敬老院安享晚年，但他执意不肯，自己硬要坚持靠捡拾垃圾和种植房前屋后的一小块地勉强度日。

时值盛夏，由于连日的暴雨，引发了一场百年一遇的大洪水。山洪铺天盖地席卷而来，这个山村遭到了毁灭性的打击。田地冲毁，房屋倒塌，生命与财产损失巨大。所幸的是，老汉和他的房屋幸免于难。

洪水退后，到处一片狼藉。老汉再也坐不住了，他冒着生命危险一家一家地跑，一户一户地探望。每到一户，每看到一个人，他都忍不住老泪纵横。眼前的灾情深深震惊了他，他对村干部说："我活了这么多年，还从没看到过这么大的洪水，没见过这么惨重的灾难。"

老汉眼含辛酸的泪回到家里，疲惫地坐在椅子上。乡亲们无家可归、忍饥挨饿的画面一遍遍地在他脑海中浮现。他猛然站起，走到里屋，舀起稻谷放入臼里一下一下春起来。手磨破了，腰累弯了，可他不愿意停下来。他坚持着，坚持着。不知过了多长时间，他终于春好了一袋米。他看了看时间，走进房里从柜子里取出一个破旧的小布袋，仔细地扎好口，小心地揣进怀里。然后扛上米袋子，也顾不上休息一下，只匆匆喝了一口水，就打着赤脚，顶着烈日，挑着大米，一路跟跟跄跄蹚过没膝的泥泞，走了足足6小时的山路，将米送到了乡政府临时募捐点。

他放下大米，对募捐点的人说："快，派人到我家去挑稻谷。"乡政府的人都认识他，他们都说："大爷，你那稻谷就留着吧，你自己也不宽裕。"老汉一脸焦急："不，我还能凑合，乡亲们比我更需要它。"说完，从怀中掏出了那个小布袋，郑重地递过去，"这是我的一点心意，请收下吧！"

募捐点的同志打开布袋，里面全是拾圆、伍圆、贰角、壹角的小票，厚厚的一沓，整整1000元。那可是老汉数十年的所有积蓄，是他的养老钱啊！在场的人都流泪了。

2006年8月3日，在湖南省委宣传部和省电视台联合举办的"情系大湘南"赈灾义演晚会上，全中国人都看到了这位有情有义的老汉，知道了他的感人故事。

有记者去采访他，老汉仍是那句再朴实不过的话："乡亲们比我更需要帮助。"记者深为感动，在文章结尾无限感慨地写道："他算得上全中国最平凡最不起眼的人，也就是我们常讲的普通百姓。但他在危难时刻所展现出的高贵品质让我们坚信，有这样的平民百姓，有这样的民族脊梁，任何困难都不能阻挡我们前进的脚步。他，是我们这个时代的英雄。"

（摘自《读者》2007年第4期）

死神嘴边的"人"字

感 动

　　河南人王文田、谢凤运和刘金行在广东顺德做生意快 7 个年头了。除了刮风下雨的坏天气，他们每天早上 4 点都会准时从顺德出发，跨越九江大桥去鹤山送货。

　　2007 年 6 月 15 日凌晨 4 时多，三人像往常一样，开着白色的"时代轻卡"小货车由顺德去鹤山送货。

　　经过九江收费站，小货车上了桥，此时江面的雾气很浓，谢凤运提醒开车的女婿刘金行，开得慢点，注意安全。刘金行将车速减至时速三十公里。

　　就在这时，后面有两辆货车快速超过，冲进前面的浓雾里。但令刘金行惊诧的是，擦肩而过的两辆货车尾部的行车灯在一眨眼间竟然熄灭了。

　　凭着多年开车的经验，刘金行感觉事情有些不妙。忙乱之中他踩了紧急刹车，然后小心地摘挡、熄火，停下来想看看究竟。

　　紧急刹车惊醒了在副驾驶位上熟睡的王文田，他以为司机没走九江大桥而改行其他路线。他们三人看着面前离车身不远的江水，都觉得迷惑不解。雾锁江面，加上视觉差异，让他们产生了错觉：水位一夜之间咋就涨到桥面这么高了？

王文田、谢凤运和刘金行一起下车前去"看路"。结果他们吓了一跳。"天哪，不得了，出大事了——桥塌了！那两辆车掉到水里去了！"三个人惊叫起来。让他们感到更恐怖的是，他们的车离齐齐整整的断裂处不到六米。要是桥身断裂再延伸……看着眼前汹涌奔流的混浊江水，三个人都出了一身冷汗。

在短暂停留之后，三个人竟没有想开车从死神嘴边迅速逃离。王文田的第一反应是拿出手机报警，不巧的是，手机在这个紧急时刻竟没电了。王文田和谢凤运两个人急得直跺脚。

危急之时，三个人只好张开双臂，拼命向后面急驶来的车辆招手，他们用浓重的河南口音大声呼号拦截着驶向断桥的其他车辆。但是，被阻拦的车主们浑然不知死神就在眼前，他们看见皮肤黝黑、个子很高的谢凤运时，竟紧张起来，要冲过去，因为他们以为眼前的三个人是"拦路抢劫者"。

但是，这三个河南汉子没有退让。一夫当关，万夫莫开。他们死命地拦在路中央，硬是用血肉之躯将八辆车全部拦在了断桥边。当那些货车司机、小轿车司机、摩托车司机神情不满地从车上走下来时，顿时大惊失色，因为他们看到了这三个拦路人背后不远处，那恐怖的断桥和48米深的江水，此时此刻，桥面随时都有再次断裂的危险。这些司机们不会知道，这三个人，如同三尊守护神，已在危险的桥面坚守了十多分钟。

事后，有记者采访时问他们："桥塌了，许多人第一反应就是逃命，但你们当时为什么不立刻弃车而逃，而是选择下车救人呢？"

"俺几个下车往前看见桥断了，而身边又有几辆汽车开过来，当时俺就只想着让车子停下来，别一头扎进江中，其他俺啥都没想。"三个拦路人中的王文田说。

王文田、谢凤运和刘金行，他们是来自河南的收购废品的农民，他们都没有读过书，但在生死的瞬间，他们却选择了张开双臂，用身体在死神面前撑开了一个大写的"人"字。虽然这个字只持续了十几分钟，却可以永远凝固在我们心里。

(摘自《读者》2007 年第 24 期)

"藏羚羊碑"说

吴克敬

　　忽闻可爱的藏羚羊有望成为 2008 年北京奥运会的吉祥物，我的心便突突地跳起来，真心地祝愿雪域高原的宝贝藏羚羊真的能获得那个不可多得的殊荣。

　　在我大为激动的时候，有两个早已定格在我脑海里的画面又一次浮现在了眼前。

　　一个画面定格在 1994 年 1 月 18 日的晚上，为保护藏羚羊首倡并担任西部工作委员会书记的索南达杰，带领他的反偷猎队伍深入可可西里自然资源保护区 10 天，在太阳湖畔抓获了 20 名偷猎者。因为其中两个受伤，索南达杰本着人道主义精神，派出 2 名反偷猎队员，押送他们连夜赶往格尔木治疗，自己则和另一名反偷猎队员押着 18 名偷猎者和缴获的车队，沿原路返回基地。偷猎者趁执法人员少的时机，将在头车上带路的反偷猎队员击昏，抢夺了武器，待殿后的索南达杰的车靠近，疯狂的偷猎者打开全部车灯，照射着他，使他什么都看不清，几乎就在同时，十多杆枪对准了他，像他们猎杀藏羚羊一样，在索南达杰身上打了近十个弹洞。

索南达杰牺牲了。身边是他率领反偷猎队员缴获的两大卡车两千余张藏羚羊皮。他至死都保持着半蹲射击的姿势。等增援人员赶到时，已是5天之后了，可可西里零下40摄氏度的严寒，早已把英雄的索南达杰冻成了青藏高原上一座不屈的冰雕。

另一个画面则定格在索南达杰死后的1998年，他最为亲爱的好妹夫扎巴多杰，挑起了哥哥未竟的事业，担任了西部工作委员会书记的职务。他像英雄的舅子哥一样，带着反偷猎队的战友，踏进可可西里无人区例行巡逻。途中，他们抓获了一队偷猎疑犯，现场有几只双眼还未睁开、嗷嗷待哺的小藏羚羊，张嘴叼着母亲血肉模糊的乳头，而藏羚羊母亲的皮毛已被偷猎者剥去。怒不可遏的扎巴多杰瞪着圆圆的眼睛，泪水夺眶而出，他抓住一个偷猎分子咆哮如雷：你看你们都干了些什么？

伤痛欲绝的扎巴多杰哪里知道，更残酷的一幕还在等着他，几乎是在英雄索南达杰牺牲4周年的日子，在黄河源头的玉树，同样英雄的扎巴多杰又不幸遇难。偷猎分子的枪弹从他的左耳根下射入，7个小时后，他便永远地停止了呼吸。

壮士一去兮不复返。但他们用鲜血和生命保护的可可西里，用鲜血和生命保护的藏羚羊，还有后来者在保护。我的一个小老弟，自愿报名，参加了2004年春季的一次可可西里志愿者保护行动。临行前，我撵着送他，央告他在索南达杰和扎巴多杰的坟头上，替我烧一炷香、祭一杯酒。

可是，非常遗憾，小老弟一路走过可可西里，所听所闻，都是索南达杰和扎巴多杰的英雄故事，两位英雄成了可可西里一个响亮的名片，可他却没能走到英雄的墓前，也未能了却我对英雄敬祭的愿望。

不是小老弟到不了，也不是小老弟不想到。他说，越是靠近英雄灵魂的安息地，他越想躲开。为什么要躲开呢？小老弟说他不知道，他只感到血像煮沸的水一样烫，他的脸红了，红得像一块烙铁。小老弟说他是为我们人类而脸红，为什么总是有人要破坏自然，消灭与人的生命一样珍贵的其他动物？

为人类的另一种欲望脸红，可能是小老弟躲开可可西里英雄的唯一理由。我理解了他，像他一样，也为人类的另一种欲望而羞愧。我在遥远的西安的家里，为可可西里祝福，为藏羚羊祝福。

通过卫星电视，我看到了在昆仑山口树立藏羚羊碑的现场转播。

2004年4月6日的昆仑山口上，彩旗飘扬，锣鼓声、号角声和枪弹尖利的啸叫声，在海拔4700米的高山顶上回荡，一座花岗岩雕刻的藏羚羊碑，在汉、藏、回、羌等各族群众热烈的掌声中，被揭开了红绸面纱。5只形态矫健、翘首茫茫可可西里的藏羚羊，高高地屹立在蓝天白云下的昆仑山口。碑座一侧的日月山三字雕下，有为保护可可西里提供帮助和支持的爱立信（中国）有限公司、恒源祥（集团）有限公司等34家集体，以及云林芳（宁夏退休医生）、马境羚（北京学生）等17名个人的名单。在他们密密麻麻的名单上方，是一段雕刻精细的宋体碑文：

蓝天、白云、青山、绿水，是人类和所有生命共同的家园。可可西里生态和珍稀野生动物的保护，受到了各界的广泛关注、支持。他们的爱心奉献与山河同在，与日月同辉。

我为铭刻在藏羚羊碑上的单位和个人骄傲着，他们是最先为可可西里的环境保护贡献力量者，他们理应获得树碑纪念的荣耀。他们同时是一点点的火光，照耀着有志于可可西里环境保护的所有单位和个人，使其踊跃地加入他们的行列中，可以想象，那将是一支非常壮观的队伍。

有一个是最早走出来的，他的名字叫杨欣。

钟爱在江河源头漂流的杨欣，在索南达杰英雄精神的鼓舞下，放弃了他原来钟情的漂流，开始了一项实实在在的行动，为了可爱的可可西里，为了可爱的藏羚羊，杨欣把自己冒着生命危险拍摄下来的珍贵照片结集出版，并义卖为可可西里和藏羚羊的保护筹集资金。杨欣的目标是在广袤的可可西里无人区，建设几座设备先进的自然保护站。杨欣的义举，还赢得了一位深居简出、淡漠人生的名人之后梁从诫先生的鼎力支持，借用其祖梁启超、其父梁思成的名义，四处联络，来为杨欣的自然保护站募集资金……对于这一切，杨欣只有一句朴素到简单的话：所有的付出，都是为了索南达杰的未竟事业。

杨欣立志筹建自然保护站的心愿，在一群志士的倾力相助和慷慨解囊下，业已初步实现。他们的第一个自然保护站就建在喀喇昆仑山口，并起名为"索南达杰自然保护站"。遥对山口的，是索南达杰的纪念碑。索南达杰的生父和他的亲妹妹，赶在自然保护站落成的那一天，把他的骨灰带来，撒在了他热爱的可可西里，让他能够永远守望可可西里，感受到可可西里。而他铿锵有力的声音也在可可西里的空气中轰鸣：如果需要死人，就让我死在最前面。

我被索南达杰的话感动了，也被他以生命感动了的后来者所感动。大家虽然艰难，却也脚踏实地地继承了他的未竟事业，并已作出了令世人瞩目的贡献。然而，可可西里的自然环境，以及生活在可可西里的藏羚羊，命运并没有完全改观，甚至比过去更为严峻和残酷。

科学考察人员的报告明确写道，在青藏公路的昆仑山口，不冷泉和索南达杰自然保护站近百公里地段内，一只藏羚羊都见不到了，只有即将退化为沙漠的大荒原悲哀地面对苍天；原来的水草地上，现在没有一点潮气，地表龟裂的大口子在狂风中呻吟，枯黄而稀疏的草底下是白茫茫的盐碱花……沙漠化、荒漠化已经对可可西里地区的江河源头构成了巨大威胁，冰川融化，河流干涸，草场退化，生态环境的变迁与恶化，对藏羚羊的生存构成了深层的影响！

我的胸口上像堵了一块大石头，感到了一种莫名的压抑和逼迫，我觉得自己都要窒息了。

　　偷猎者的枪声还在可可西里的原野上爆响。1999 年 6 月 14 日，阿尔金山保护区的工作人员与中国香港及美国的动物保护组织人员，跋涉一千多公里，原来想考察藏羚羊的繁殖情况。可他们来到阿尔金山深处海拔五千多米的藏羚羊集中繁育区时，眼前的景象把他们惊呆了：被枪杀后剥了皮的藏羚羊，东一堆，西一堆，到处都是，扯开来有一个足球场大，很多雌性藏羚羊都已怀孕正待生产。

　　在此后的日子里，科考队成员遭遇到非法盗猎者。在追捕和交火中，他们抓获了其中两人，偷猎团伙有三百余人，仅 18 日、19 日两天，就屠杀了八百余只藏羚羊。

　　我悲伤地算了一笔账，原来十万余只的可可西里藏羚羊，在不到 10 年的时间里，急剧减少到不足 5 万只了。如偷猎者还在可可西里肆无忌惮地开火，可爱的藏羚羊还有几只能侥幸活下来？

　　脆弱的可可西里！

　　脆弱的藏羚羊！

（摘自《读者》2005 年第 22 期）

与妈妈的八次通话

林华玉

2001 年

儿子：妈妈，我们厂子今年要加班赶一批活儿，我没法回去和您一起过春节了。爸爸 10 年前就去世了，您的身体也不好，想到您孤孤单单地一个人过春节，我心里很难过。

妈妈：妈妈的身体很好，你别挂念！倒是你自己一定要注意身体呀，千万别为了多赚一点钱而累着自己。

儿子：您别担心，我们的工作很轻松，比咱的庄稼活儿轻松很多，待遇也很高，而且过年加班期间，厂里还管饭呢！大鱼大肉的管饱，工友们都说我胖了许多呢！

妈妈：那我就放心了。不过，大鱼大肉也不可以多吃，你从小肠胃就不太好，吃多了油腻要闹肚子……

儿子：告诉您一个好消息，我们节前多发了一个月的工资，800块呢！今天我给您寄去了500块，我特地问了邮局的人，他们说节前您一定能收到。您辛苦了一辈子，平日里舍不得吃舍不得穿的，现在儿子赚钱了，您一定要用这钱给自己买一身合体的衣服，再买几样可口的小菜。

妈妈：……

2002 年

儿子：妈妈，今年我们厂子又要加班，而且厂里规定，春节加班，工资可以拿双倍，所以我又回不去了，您自己过春节吧！

妈妈：今年又回不来呀！妈妈还为你留着你最爱吃的核桃和大枣呢！今年地里大丰收，我还为你留了一篮子落花生呢！妈妈给你留的东西都是一粒粒挑出来的，核桃都是大个头，大枣没有一个虫眼，落花生都是双粒……

儿子：我们这里什么都不缺，超市里什么都能买到，您就别操心了！留着自个儿吃吧！

妈妈：超市里的东西怎么能和家里的东西比呀……

儿子：都一样的。对了，我给您寄去了1000块钱，请您查收。祝您春节快乐，身体健康！好了，挂了呀。

妈妈：……

2003 年

儿子：妈妈，我今年又不能回去过年了！

妈妈：怎么，又是厂子里加班吗？

儿子：不是，我不是刚升了工段长吗？我总要在领导面前表现一下吧。

妈妈：可是，你已经 3 年没回家了，你就不想妈吗？

儿子：我实在是没办法，以后有时间一定回去。对了，我给您寄去了 1200 块钱，请您查收。我要去上班了。再见！

妈妈：……

2004 年

儿子：妈妈，我升为车间主任，要带工人加班，所以不回去过年了！

妈妈：你向厂里请一个假吧，妈都 4 年没见你了！妈想你！

儿子：可我真的没空！就这样吧，我昨天给您寄去了 1500 块钱，您查收一下。再见！

妈妈：……

2005 年

儿子：妈，我业务繁忙，今年就不回家过年了！

妈妈：儿呀，妈想你想得都病了，你回来看一下妈吧，就看一眼，就当可怜可怜妈！

儿子：我给您寄去了 1800 块钱，您自个儿去医院看一下病吧！不够我再寄，我真的没空！

妈妈：你……我……

儿子：再见！

妈妈：……

2006 年

儿子：妈，我寄去了 2000 块钱，您查收一下！

妈妈：可是……

儿子：还有什么事吗？

妈妈：没事，我……

儿子：没事就好！再见！

妈妈：……

2007 年

儿子：妈，2500 块钱寄回家了，请查收！

妈妈：我……

儿子：再见。

妈妈：……

2008 年

儿子的秘书：大娘，李经理叫我给您说一声，他要去谈一笔大生意，就不回去了。他叫我给您寄了 3000 块钱！请您查收一下！

妈妈：……

（摘自《读者》2009 年第 24 期）

做个无品牌一族

真宝宝

当对名牌精挑细选、张扬自我的 BOBO 族大行其道时，一群崇尚简约、拒绝玩炫的 NONO 族却悄然登场。他们简单，却不失品位；他们淡然，却不失热情；他们淳朴，却很真实⋯⋯

NONO 族的称号来源于加拿大女作家 Naomi Klein 的畅销书《无品牌》。Naomi Klein——一个昔日迷恋名牌的美少女，现在已成长为一个彻头彻尾的 NONO 族。对虚伪做作的痛斥，对浮华众生的抗拒，对卖弄炒作的讽刺，正是 NONO 族的精神标签。

NONO 族表象之一：穿着

关键词：简洁、大方、含蓄

在 NONO 族心里，服饰最原始最实用的功能——穿，大于一切。要穿就要穿得舒适。其美学理念是朴素与简洁的联合，摒弃一切多余的细节，线条简练而完美，设计理念由心而生。

时尚榜样：可可喜欢穿自己设计的服装。去年回老家，从奶奶的箱底翻出一块麻布，可可如获至宝。她说这种布料看起来粗糙，可每根线都是用手捻出来的，再用家庭织布机织出来，不像现在的布料都是机器织出来的，穿起来没味道。可可用这块布料按自己设计的样式做了一条裙子，那简单到极致的线条让可可得意不已。穿着它让可可感到一种含蓄之美，不狂野、不夸张、不暧昧，舒适的感觉里透着一种摩登优雅的都市意向，这正是可可所追求的着装境界。

NONO 族表象之二：居家

关键词：简单、舒适、便捷

在 NONO 族的家里，装修并不需要很奢华，刻意装饰的成分少之又少。他们崇尚简单就是美，一切都是为了自己的生活舒适而设，而不是为了取悦别人。

时尚榜样：在一家证券公司上班的阿春，家里的装修极其简单：客厅和书房只用日光灯，只是在床头放了一盏漂亮的台灯。除了简单，她的另外一个居家标准就是舒适度。比如阿春喜欢瑜伽，所以房子有一个很大的厅；喜欢音乐，所以卧房内有很好的音响设备。厅和卧房是连通的，因为这样视野开阔一些，而且可以节省音响设备的开销。

NONO 族表象之三：旅游休闲

关键词：宁静、归真、减压

NONO 族喜欢随意地"行走江湖"，让自己的心灵完全放松。

时尚榜样一：说来你也许不信，作为某大公司部门经理的吉海，每年度假旅游，他去的都是一些偏远农村。吉海的这个情结来源于儿时去乡下远亲家生活的记忆，那些在田间打闹嬉戏、在树间捕捉鸣蝉的快乐片段多年来深印在脑海里，吉海感到办公室里的钩心斗角、尔虞我诈极其可笑而且荒唐。"只有在乡下我才能找到一份宁静，让我不堪工作重压的心灵得到彻底的放松。"吉海说。

时尚榜样二：作为现代白领，于娜家中的电视几乎成了摆设，因为她回到家里喜欢抱着书本，独享那种没有纷扰的宁静氛围。对她而言，每天洗完澡躺在床上看书就是最大的享受。经常约朋友去酒吧是几年前的事了。现在她更愿意每天都有一种完全属于自己的宁静生活。也不跟着人家傻乎乎地过洋节了，什么圣诞节、感恩节、父亲节、母亲节，一年有那么多节，还有那么多人的生日，都过下来多累啊。

NONO 族表象之四：事业

关键词：自信、激情、从容

NONO 族对事业的追求拒绝物质上的患得患失，他们的我行我素透着的是一种对人生的自信与从容。

时尚榜样：简妮大学毕业后，一直在外企工作，繁忙的生活状态和每天精致的着装似乎给了简妮一个令同学艳羡的理由。所以当听说简妮辞职离开这个繁华的大都市，去一个边远小城执教时，所有的同学都大吃一惊。

暑假里，当变得黝黑的简妮再次出现在同学面前时，她笑着解释道："我只是热爱这样一种生活状态罢了。当你在一个地方耗尽你的激情的时候，你就要想办法在其他地方为自己补充能量。"说这话时，简妮恬淡中透着一股从容，"在我们那个小城，你可以缓缓地在夕阳下散步，可以静静地在灯下读书，可以看屋顶的炊烟，可以听林间鸟语，可以闻院中花香……人一辈子能做很多事情，但要享受一份简单与宁静往往是你做再多的事情也难得到的。"

NONO 族表象之五：爱情

关键词：简单、低调、浪漫

NONO 族除了对许多刻意、浮华的追求说 NO 外，还对那些不停更换女友或男友的人说 NO。他们喜欢从一而终的古典式爱情。

时尚榜样：做 IT 行业的张先生与太太都属于 NONO 一族，生活简单低调却不失浪漫。结婚 6 年了，两人感情一直很稳定，经常手拉着手去看电影。张先生说："一旦说了'我爱你'，就要一辈子爱她，说了这三个字就跟签了合约一样。"当初他们结婚很慎重，是经过一段时间的考验才结婚的。结婚时两人都近三十岁了，没有了年少的冲动，而多了些平静，懂得什么最应该珍惜。

透过表象看 NONO 的本质

透过以上 NONO 族的表象，我们可以把 NONO 族的生存状况简单归纳为三个词：简约、独立、理性，分别对应着他们的生活状态、人格状态和思维状态。

简约的生活映射出 NONO 族的一切外在表现，简单而有节制。他们可以是时尚的，但一定不会崇尚奢华。他们更愿意保持身心的舒适，太多外在的累赘会影响这种感觉的得到。

独立的人格让他们得以游离在程式化的潮流之外，这也是他们的精神追求。所以，他们看上去就像是一名颇具创造力的生活艺术家。

理性的思维使他们并不会因为外人的感觉而改变自己的内心，他们很清楚自己是真实的、自然的、随性而发的。

表面上，NONO 族追求简单、朴实，实际上是要把时间、精力、智商用于追求更多的价值，也许这就是 NONO 族最真切的本质。

（摘自《读者》2005 年第 6 期）

请听着我的声音去旅行

桑 宁

　　凉志是在夏末的一个午后，收到邮局寄来的盒子的。他的女儿 15 岁了，
吵着要看里面是什么。不过，盒子里的东西让她大失所望。那是一台很旧的
复读机，上面整齐地码着 4 盒卡式录音带，每一张封面上都有不同的地址。
一张白色的卡片静静地躺着，上面是娟秀的笔迹：

　　如果有时间，让我的声音带你去完成一次旅行吧。

　　凉志有些意外，决定听一听。这究竟会是一段怎样的旅程？

第一盒：滨江大道，8 点

　　我是凉夏。我叫你爸爸，你会不会觉得有些意外？其实，我还想叫你老
爸。不过，我们已经有 12 年没见面了，如果我那样叫你，我们都会觉得很奇
怪。

现在，滨江大道上游人不算多。但12年前，妈妈就要在这个时间带着我出摊了。她有一个给游人照相的摊位。那一年我5岁，穿着大红花布裙子，粉绿塑料凉鞋。当然，这不是因为妈妈懂得时尚装饰，而是因为滨江大道上行人太多，妈妈必须把我打扮得鲜亮如信号灯，以方便她随时看到我。

如果你正在滨江大道上，能看见那尊荷花雕像吗？那里就是我们从前的照相摊。位置不是很好，不过，你知道的，妈妈是个很聪明的人。她每天会买20张彩票，送给肯照15元相片的人，并且用诚恳的口气说："祝你好运。"于是，我们的照相摊就出名了，生意也比别人好一些。

我就是在那个时候学会照相的。不过，过程有点辛酸。那是一个周末的早晨，几个人围住妈妈的照相摊子。他们不让妈妈再送彩票，说着就动手砸起了东西。其实，有关那一段记忆，我已经记得不是很清楚了。我只记得妈妈被推倒在地上，蜷着身，紧紧护着那架二手的单反相机。

爸，别笑妈妈要钱不要命好吗？那架相机可是家里最贵的东西。妈妈用所有积蓄买回它的时候，对我说，有了这架相机，我们就会衣食无忧，还可以给我买"奥利奥"。在当时，那可是风行一时的零食，我曾经为了能拥有一片，给邻居小朋友洗过一条满是鼻涕的脏手帕。

后来，妈妈的手臂骨折，不能照相，我们又不能放着摊子不开。妈妈说，干脆你来拍吧。于是，我套上妈妈的大马甲，在她的口授中，学会了对光圈、按快门……于是，我们的照相摊又红了。

爸，2000年4月12日的晚报你看过吗？在第6版的副刊上，选登了全市摄影大赛的获奖作品选。在业余组的纪念奖里，就有我拍的照片。记得那天妈妈坐在江边的长椅上，夕阳轻柔地围在她的身边。因为手臂疼痛，她微微皱着眉，神情也显得有一点疲惫倦怠。然而当我叫她的时候，她却忽然绽开一个匆忙的笑容。我把这些定格进了胶片。

第二盒：洛阳路，12 点

从滨江大道整修开始，我和妈妈就搬到这里了。从左边数的第 4 家小店，就曾经属于妈妈和我，店里有粉色的 Barbie 书包、可爱的巴布豆。我是妈妈的情报员，学校流行什么，我们的小店总是第一个进货。这样看起来，我和妈妈还真有经商的天分。

初二那年，学校出了件大事。一个男生溜进正在建设的教学楼工地，不慎掉进一个两米深的坑里。猜不到我为什么和你说这个吧？那就请你去看看小店前那块摆满小商品的陈旧木板吧。最初，它就盖在那个深坑上面，是我为了给小店做个展示台，偷偷搬走了。这件事后来闹得很大，学校、建筑公司和我都成了被告。我被问责 20%。这是个不大的比例，但是从总价 10 万的赔偿款中分摊下来，对于我和妈妈来说，无疑是一笔巨款。

妈妈为了还钱，四处借债。而我在学校也成了"贪小便宜惹大祸"的典型。可是爸爸，你相信吗？在那些人人都可以对我指指点点的日子，我从没有掉过一滴眼泪。我努力让自己变得坚硬，像一个刺猬，抵御一切外来的伤害。从事发到收到判决结果，妈妈始终没有责备过我。她每天忙着开店，然后去医院探望那个受伤的男生，给他送熬了一天的骨头汤。我很少和她同去，因为我不想看她低声下气的样子。只有周末，我才会陪她走一段夜路。那天，从医院回来的路上，我说："妈，你不用这样为难自己，我们都赔他家钱了，不欠什么。"

但妈妈却轻轻搂住我说："欠与不欠都是自己心里说了算，不是赔了钱就可以心安理得的。知道妈妈为什么在这件事上没批评过你吗？因为我知道我的女儿每天都在自责中过得很辛苦。"

那一天，我在妈妈的怀中哭了。我已经很少哭得那样肆无忌惮。

第三盒：西康路 48 号，19 点

老爸，我还是决定这样叫你。这样听起来，会不会觉得更亲切？你现在看到的，应该是一家"豪享来"，那扇明亮的窗子，会不会看起来很眼熟？在两年前的一个傍晚，我真的遇见过你，就在西康路的这家"豪享来"。你穿着深蓝色西装，没扎领带。那时华灯初上，我刚从学校上完晚自习。透过洁净的玻璃窗，我看见了你。起初，我不敢确定，只是觉得你的样子和照片里很像。可是你对面的客人不停地喊着你的名字，我想，那就不会错了。那天你喝了许多酒，你摇摇晃晃地走出来，送走客人，就摔倒在路旁。

你一定不记得是谁扶你上的出租车吧？是我。你还在我手里塞了一张 20 元的钞票，你说："谢谢你啊。给你添麻烦了，你们饭店的服务真好。"

嗨，老爸，谈谈感想吧。和 10 年不见的女儿相遇，你却把我当成了服务生。这件事我一直没有告诉妈妈，因为妈妈不想见到你。我只是把那张 20 元的纸币夹进了书页。其实，很长一段时间，我都以为妈妈是因为恨你，才和你断绝一切来往。可是，就在高考前的一个下午，我和妈妈有过一段谈话，我才知道，是我错了。那是我第一次，像个大人一样和妈妈说起往事。我们说到了你。我问她："你是不是到现在都没原谅爸爸？"

妈妈却摇着头笑了。她说："不是，我只是不想给自己一条可以依靠的退路。和你爸离婚那年，我才 33 岁。我不给自己背水一战的决心，怎么能把你带大？没有你爸，我不是一样把你照顾得很好？如果我一年到头就想怎么跟你爸要钱，咱俩过得一定不幸福。其实，幸福这东西，你越是想跟别人要，你越是要不到。"

老爸，你看，我的生命中没有你，原来也是一件值得庆幸的事。我想，妈妈一直在用自己，给我做一个榜样。她是想告诉我，做一个自立自强的人，远比等人救济帮忙要快乐得多。只是我这么说，你可不要生气呀。

第四盒：民生路 12 号，22 点

对不起，这么晚还要让你来学校。不过，老爸，我很想让你了解我和妈妈当时的心情。那天已经是夜里 10 点，我忽然接到好朋友小静的电话，在电话里她高兴地说："学校高考的榜单贴出来了，我看到了你的名字。"那天，我和妈妈奢侈地打了出租车去学校。

我第一次看到妈妈那样放肆地哭了，眼泪大滴大滴地流过笑脸。也许，那么多年的隐忍克制，都是在等待这一天。后来，我们决定去吃肯德基，但是它已经打烊了。于是我们就在它门前的台阶上坐着，谁也不想回家。我靠在妈妈怀里悄悄地说："妈，如果我考砸了，怎么办？"

妈妈说："那就再考呗。"她从手袋里拿出一个小本子给我看，里面密密麻麻地记着考后心理辅导方法。妈妈照本宣科地说："我准备先说一句名言，'失败是成功之母'……"只是她还没说完，就被我打断了。我说："不对，大错特错了。我今天的成功不是因为有个失败的母亲，而是因为有个成功的妈！"

老爸，你来评，我说得对不对？

其实，很遗憾，在我的成长过程中，你没能和我一起分享生活中的酸甜苦辣，但是现在，我很想和你分享这份珍贵的快乐。这也是我寄给你这 4 盒录音带的原因。因为我想让你知道，我这个快要被你遗忘的孩子，依然过得很好。

最后，祝你健康！别再喝那么多酒，好吗？听说我还有个妹妹，也祝她幸福。明天，我就要去上海读书了。今天的旅行，到此结束。

再见了，老爸。

复读机里只剩下"咝咝"的转带声，凉志无声地站在深夜的校门前，任眼泪静静流过脸颊。他从不知道，一直被他忽视的女儿原来已经坚强地长大

了。他仰起头，看着校门前大红的榜单，轻轻地念着那个已经被他淡忘许久的名字：凉夏。

（摘自《读者》2011 年第 15 期）

致　谢

　　早春三月，北国大地上虽然还没有呈现出"春暖花开，柳絮飘飞"的景象，但晨曦中南来北往的沸腾人流却能让人感觉到春潮的阵阵涌动。新的生活就在此间迸发，返校、返城、返队、返程的人们怀揣着新的梦想，迈开新的步伐，向着明媚的春天出发。而此刻的我们也正是这沸腾人流中的一员，开启了我们新的征程。

　　今年我们将喜迎共和国的 70 华诞。这是一个让人感受温暖与幸福的时刻，作为一名出版人，从去年开始我们就想以出版人的独特方式来表达对伟大祖国的真诚赞美和衷心祝福，为此特意策划了《读者丛书·国家记忆读本》。这是继《社会主义核心价值观读本》《中国梦读本》成功出版发行之后，甘肃人民出版社策划的第三辑"读者丛书"。丛书以时代为主线，以与人民最密切相关的衣食住行等生活变迁为切入点，以朴素而温情的独特记忆去回望和见证共和国 70 年的历史风云、发展变迁,让读者既能重温共和国成立初期虽然物质匮乏但理想崇高的激情岁月,又能感受到改革开放的春天到来以后,祖国大地生机盎然、蓬勃向上的巨大变化,更能体会到新时代以来追梦路上人民的新气象和新面貌。

和以往出版的两辑读者丛书一样,《国家记忆读本》在策划、编辑出版过程中,得到了中共甘肃省委宣传部、甘肃省新闻出版局以及读者出版集团、读者杂志社等多方的指导和帮助,在此深表谢意!与此同时,丛书的编选也得到了绝大多数作者的理解和支持,他们对作品的授权选编和对丛书的一致认可使我们消除了后顾之忧,对此我们表示诚挚的谢意!虽然我们尽力想把工作做得更细致更扎实些,但因为种种原因依然未能联系到部分作者,对此我们深表歉意,也请这些作者见到图书后与我们联系。我们的联系方式是:甘肃人民出版社(甘肃省兰州市读者大道 568 号,730030,联系人:王建华,13099199400)。

在这春潮涌动、春天的脚步越来越近的时刻,《读者丛书·国家记忆读本》的出版发行,既是我们送给祖国母亲 70 华诞的一份献礼,也是我们出版人和读者人的一份责任与担当。我们带着对祖国母亲的祝福在新的一年里出发,追寻更加精彩纷呈的人生,迎接春的到来!

读者丛书编辑组

2019 年 3 月